AF591507

VENTE

DU

31 Mars au 2 Avril 1908

HOTEL DROUOT, SALLE N° 10

ESTAMPES ANCIENNES

DES

XVIIe ET XVIIIe SIÈCLES

COMMISSAIRE-PRISEUR

Me H. BAUDOIN

Successeur de Me Paul CHEVALLIER

10, rue Grange-Batelière

EXPERT

M. A. DANLOS

15, quai Voltaire

ESTAMPES

DES ÉCOLES ANGLAISE ET FRANÇAISE

DES XVIIe ET XVIIIe SIÈCLES

PIÈCES HISTORIQUES ET TRÈS BEAUX PORTRAITS

RECUEILS DE COSTUMES, CARICATURES ET SCÈNES DE MŒURS

CONDITIONS DE LA VENTE

Elle sera faite au comptant.

Les Acquéreurs paieront 10 p. 100 en sus des enchères.

M. Danlos se réserve la faculté de diviser ou de rassembler les lots.

La Collection sera exposée, 15, quai Voltaire, du lundi 23 au samedi 28 mars, le jour de la mi-carême excepté.

ORDRE DES VACATIONS

Mardi. .	31 Mars	Nos	1 à 167
Mercredi.	1er Avril	—	168 à 339
Jeudi . .	2 —	—	340 à la fin.

CATALOGUE

DE

BELLES ESTAMPES

DES

ÉCOLES ANGLAISE ET FRANÇAISE

DES XVIIe ET XVIIIe SIÈCLES

IMPRIMÉES EN NOIR ET EN COULEURS

Par et d'après

ALIX, BAUDOUIN, DEBUCOURT, DESCOURTIS, FREUDEBERG, GREUZE
HOPPNER, HUET, JANINET, LAWREINCE, MOREAU
REYNOLDS, WHEATLEY, ETC.

PIÈCES HISTORIQUES, BEAUX PORTRAITS

Recueils de Costumes, Caricatures et Scènes de Mœurs

DONT LA VENTE AURA LIEU

Hôtel des Commissaires-Priseurs, rue Drouot, n° 9

SALLE N° 10

Les Mardi 31 Mars, Mercredi 1er et Jeudi 2 Avril 1908

A 2 HEURES PRÉCISES

COMMISSAIRE-PRISEUR	EXPERT
Me HENRI BAUDOIN	**M. A. DANLOS**
Successeur de Me Paul CHEVALLIER	**Marchand d'Estampes**
10, rue Grange-Batelière	15, quai Voltaire

EXPOSITION PUBLIQUE

Le Lundi 30 Mars 1908, de 2 h. à 5 heures

DÉSIGNATION

ALIX (P. M.).

1. Maillard (Mlle), actrice du Théâtre des Arts qui, en 1793, figura à Notre-Dame la Déesse Raison; médaillon ovale, in-4°, reposant sur une tablette; gravé d'après Garneray.

Magnifique épreuve imprimée en couleurs, elle est de la plus grande fraîcheur et a une très grande marge. Très rare de cette qualité.
Cadre doré style Louis XVI.

2. Saint-Aubin (Mme de) dans *Ambroise ou Voilà ma journée*, d'après Garneray, médaillon ovale, in-4°, reposant sur un cartouche où est représentée la scène IV de l'opéra-comique de ce nom.

Magnifique épreuve imprimée en couleurs ; elle est de la plus grande fraîcheur et a une très grande marge. Excessivement rare de cette qualité.
Cadre doré, style Louis XVI.

3. Viala (J. A.) d'après Sablet, médaillon ovale, in-4°, reposant sur un cartouche où est représentée la scène de sa mort.

Superbe et très fraiche épreuve imprimée en couleurs. Grande marge.

4. Eugène Napoléon (S. A. I. le Prince), archi-chancelier d'État de l'Empire Français, vice-roi d'Italie, d'après le tableau de S. M. l'Impératrice et Reine. In-fol.

Superbe et très fraîche épreuve imprimée en couleurs. Grande marge.

AUBRY (D'après).

5. Lasalle (Le Général) en pied, par Charon.

Très belle épreuve en couleurs, les broderies de l'uniforme rehaussées d'ors.

BALECHOU (J. J.).

6. Julienne (Jean de), célèbre amateur tenant dans ses mains le portrait de son ami Watteau, d'après De Troy. In-fol.

Très belle épreuve.

BARBIER (Et.).

7. Strasbourg, vue du côté du Septentrion, au-dessous le plan de la ville, 1763.

Curieux dessin par Et. Barbier, officier dans Chamborant.

BARBIERS (D'après P.).

8. Auditoire dans l'édifice de la Société Félix Méritis à Amsterdam. — Salle de concert. Deux pièces, intéressantes comme costumes, gravées par Vinkeles.

Très belles épreuves avant la lettre. Marges.

BARY (H.).

9. La Vallière (Louise de La Baume Leblanc, Duchesse de). In-fol.

Superbe épreuve avant quelques travaux, avant l'adresse de Cl. de Jonghe et le monogramme de Bary. Excessivement rare.

BASSET (A Paris, chez).

10. Corday (M. A. Charlotte) ci-devant de St-Amans, petit médaillon ovale, in-8°, où elle est représentée coiffée d'un chapeau et tenant un poignard à la main.

Très belle épreuve imprimée en couleurs. Fort rare.

BASSET et NAUDET (A Paris, chez).

11. Fête du 14 Juillet an IX : Vue des 3 théâtres construits aux

Champs-Elysées dans le carré Marigny, sur lesquels on a célébré aussi la fête du 1er vendémiaire an X. — Vue de la salle de walse aux fêtes du 14 juillet et 1er vendémiaire an X. Deux pièces.

Très belles épreuves coloriées.

BAUDOUIN (D'après P. A.).

12. Le Carquois épuisé, par N. de Launay (E. B. 11).

Très belle épreuve rognée au trait carré et remargée.

13. Le Chemin de la fortune, par Voyez l'aîné (14).

Très belle épreuve ayant une très grande marge.

14. Le Danger du tête à tête, par Simonet (18).

Très belle épreuve ayant une très grande marge.

15. Les Soins tardifs, par N. de Launay (45).

Très belle épreuve. Sans marge.

16. La Soirée des Tuileries, par Simonet (47).

Très belle épreuve ayant une très grande marge.

17. La Toilette, par N. Ponce (48).

Très belle épreuve ayant une très grande marge.

BEATRIZET (N.).

18. Henri II, roi de France, vu de face dans une bordure, ovale, ornée de chaque côté de figures allégoriques et décorée dans le haut des armes Royales (R. D. 40.). In-fol.

Très belle épreuve.

BENAZECH (Par et d'après C.).

19. Le Couronnement de la Rosière.

Très belle épreuve imprimée en couleurs. Sans marge.

BERNARD.

20. Dugazon (Mme de) dans le rôle de Nina ou la Folle par amour. — Saint-Huberti (Mme de) de l'Académie Royale de musique. Deux portraits in-fol. de forme ovale.

Très beaux et très intéressants dessins calligraphiques, rehaussés de couleurs, signés le premier : *Bernard fécit* 19 *sept.* 1786, et le second *Bernard fécit* 17 *nov.* 1786.

BERVIC (Ch. Cl.).

21. Louis XVI, roi de France en pied, en costume royal, d'après Callet. Grand in-fol.

Très belle épreuve avant la déchirure. Marge. Cadre doré, style Louis XVI.

BIGGS (D'après W. R.).

22. *The stormy night. — Morning after the storm.* Deux grandes pièces en largeur, faisant pendants, gravées à la manière noire par W. Ward.

Très belles épreuves imprimées en couleurs.

23. *The Romps. — The Truants.* Deux pièces, faisant pendants, gravées en réduction par W. Ward.

Très belles épreuves en couleurs, la première pièce manque de conservation dans la marge inférieure.

BOILLY (D'après L.).

24. La Douce résistance, par Tresca.

Très belle épreuve avant toutes lettres, seulement les noms des artistes tracés à la pointe.

25. La Leçon d'union conjugale, par Petit.

Superbe et rare épreuve avant toutes lettres.

26. La Surprise, par Honoré.

Superbe et très rare épreuve avant toutes lettres.

27. Les hommes se disputent. — Les femmes se battent. Deux pièces, faisant pendants, gravées par Chaponnier.

Très belles épreuves imprimées en couleurs.

BOLSWERT (Schelte à)

28. Société de cinq personnages dans un intérieur, d'après Van der Laemen.

Très belle épreuve.

BOREL (D'après A.).

29. Le Charlatan. — La Bascule. Deux pièces, faisant pendants, gravées par Léveillé.

Très belles épreuves imprimées en couleurs.

BORKHARDT (D'après).

30. *Good Boy*, gravé à la manière noire, par Hodges.

Très belle et rare épreuve imprimée en couleurs. Sans marge.

BRICEAU (A^que) femme Allais.

31. Charlotte Corday (portrait présumé de) vue de trois quarts et dirigée vers la droite, elle est coiffée d'un grand bonnet et porte la main à son visage ; derrière elle un paravent. Médaillon ovale, in-fol.

Superbe épreuve avant toutes lettres, imprimée en couleurs. Marge.

32. Mirabeau (H. G. V. Riquetti de), médaillon ovale in-fol. 1791.

Très belle épreuve imprimée en couleurs. Marge du cuivre.

33. Viala, médaillon ovale, in-fol.

Superbe et rare épreuve, avant toutes lettres, imprimée en couleurs. Marge.

BOUCHER (D'après F.).

34. Les Confidences. — Le Repos. — Deux pièces, faisant pendants, gravées par Bonnefoy.

Très belles épreuves imprimées en couleurs.
Cadres dorés, style Louis XVI.

35. Vénus et l'Amour. — Vénus couchée sur un Dauphin. Trois pièces gravées par Petit, la première pièce est double.

Très belles épreuves tirées à la sanguine. Marges.

CAQUET (J. G.).

36. La Soirée du Palais Royal.

Superbe épreuve avant toutes lettres. Très rare.

CARICATURES ET SCÈNES DE MŒURS
(Recueils de).

37. **Boilly** (J.). — Réunion de 118 lithographies publiées la plupart chez *Delpech*. 1 vol. in-fol. demi-rel.

Grimaces, 82 pièces.

Types populaires, 15 pièces.

Pièces diverses : 4 différents portraits de Boilly sur une même feuille, La Perruque du grand-père, La Chiquenaude, Monsieur, c'est-y ça que vous cherchez, Je te donne ma malédiction, Pauvre homme couvrez-vous, Merci Belle Dame, Le Départ, Le Retour, etc., 19 pièces.

Très belles épreuves, 8 sont en noir, toutes les autres en couleurs. Marges inégales.

38. LE BON GENRE. — Observations sur les modes et les usages de Paris pour servir d'explication aux 115 caricatures publiées sous le titre du *Bon Genre* depuis le commencement du XIXe siècle, seconde édition. *A Paris, de l'Imprimerie de Crapelet*, 1822. 1 vol. petit in-fol. non rogné, demi-rel. anc.

Texte et 115 planches coloriées. Très bel exemplaire d'une grande fraîcheur.

39. LE BON GENRE. — Réunion de 32 pièces réunies dans 1 vol. petit in-fol. demi-rel.

8 pièces avec variantes. — 19 pièces avant la lettre plus ou moins terminées et 5 dessins ou croquis originaux.

Les épreuves sont très belles, 15 sont coloriées, les autres en noir.

40. GARDE A VOUS. — 1 vol. obl. in-4°, demi-rel.

37 planches coloriées se suivant sans interruption, moins les n°s 26 et 36 qui manquent. Marges inégales.

41. LE GOUT DU JOUR. — 1 vol. in-fol. obl., demi-rel.

50 planches coloriées se suivant sans interruption ; les épreuves sont très belles et d'une grande fraîcheur.

42. LE SUPRÊME BON TON. — 1 vol. in-fol. obl., demi-rel.

30 planches coloriées se suivant sans interruption, moins les n°s 14 et 18 qui manquent. On y a ajouté 2 pièces : « *Le Suprême bon bon* et *Soirée amusante de la Terrasse du Jardin du Luxembourg* ; quelques pièces sont un peu plus courtes de marges.

43. Caricatures Parisiennes et autres réunies en 1 album in-fol. obl. cart.

34 pièces coloriées.

44. **Bouchot** (J.). — Lithographies à la plume, publiées chez *Bernard*, vers 1830. 1 album in-fol., cartonné.

8 pièces coloriées,

45. **Cari** (G. de). — LE MUSÉE GROTESQUE, collection de 64 planches faites pour inscrire et récréer les Générations présentes et futures. *A Paris, chez Martinet.* 1 vol. in-fol., demi-rel. av. coins.

Un titre et 63 planches coloriées (et non 64 comme il est dit dans le titre) nous n'en possédons que 62, les nos 44, 52 et 56 manquent et le no 3 est en double épreuve avec différences.

46. **Compte Calix**. — Scènes coloriées de la bonne Compagnie Parisienne. *A Paris, au bureau du Journal les Modes Parisiennes.* 1 album in-fol. obl., cart.

Suite de 6 pièces coloriées, plus le titre.

47. **Daumier** (H.). — LES ROBERT MACAIRE (*Aubert*). 3 vol. in-4°, demi-rel.

1re série comprenant 100 pièces coloriées 1836-1838, plus 32 pièces doubles en noir et 6 pièces également en noir, par Travies.

2e série, 1840. 20 pièces en noir, plus le no 18 en couleurs. Ensemble 153 pièces. Suite très rare à trouver aussi complète.

48. **Daumier** (H.). — Croquis d'expression (*Aubert*). 1 vol. in-4° obl., demi-rel.

Suite de 56 planches dont nous ne possédons que 45 (manquent les nos 21, 34, 39, 41, 45, 46, 52, 55 et 56).

Épreuves noires et coloriées.

49. **Daumier** (H.). — Émotions Parisiennes (*Aubert*). 1 vol. in-fol. cart.

Suite de 51 planches en noir dont nous ne possédons que 50. (Manque le no 51.)

50. **Delarue** (F.). — Tableau de Paris ou costumes, habitudes et usages des habitants de cette capitale, dessiné d'après nature en 1827. (*Ch. Motte*) 1 album in-4° obl.

Très jolie suite coloriée dont nous ne connaissons pas le nombre. Nous en possédons 18 pièces se suivant sans interruption (1 à 18), plus le no 21. On a ajouté à cette suite deux pièces ne devant pas en faire partie : 1re loge d'un théâtre, et le Paradis. Ensemble 21 pièces, plus le titre.

51. **Gavarni.** — Scènes de la vie intime, 1837, 1 vol. in-fol. cart.

Suite de 12 pièces grivoises, manque le titre, le n° 2 est colorié et le n° 12 remargé.

52. **Granville** (J.-J.). — Le Dimanche d'un bon Bourgeois ou les tribulations de la petite Propriété. *A Paris à l'Etablissement lithographique de Langlumé, etc.* 1 album in-fol. obl. demi-rel.

Suite de 12 planches coloriées, dans leur couverture de publication.

53. **Isabey** (J.-B.). — Caricatures, 1818, *à Paris, chez l'auteur, rue des 3-Frères, n° 7, etc.* 1 album petit in-fol. obl. cart.

Suite de 12 planches coloriées, les nos 10 et 12 sont des dessins.

54. **Lami** (E.). — Tribulations des Gens à équipages (*Delpech*). 1 album in-fol. obl. cart.

Suite de 6 planches coloriées, dans leur couverture de publication.

55. **Lami** (E.) et **Monnier** (H.). — Voyage en Angleterre, 1826 (*Gihaut frères*), 1 vol. in-fol. demi-rel.

Un titre, 4 feuilles de texte, 24 planches coloriées répondant à la description du texte, plus 5 planches supplémentaires : *Club des Fermiers* (n° 6) — *Un trottoir dans la Cité* (26) — *Crescent Park* (27) — *Un salon* (28) et une pièce avant toutes lettres, en noir, gravée à la manière du lavis, représentant une dispute dans les rues de Londres. Très bel exemplaire.

56. **Monnier** (H.). — Esquisses Parisiennes, 1827 (*Delpech*). 1 album in-fol. obl.

Suite de 10 planches coloriées, plus le titre.

57. **Monnier** (H.). — Les Grisettes, 1 album in-fol. cart.

Suite de 6 lithographies coloriées, in-4°, en largeur, les épreuves sont superbes et très fraîches.

58. **Monnier** (H.). — Réunion de 25 pièces coloriées réunies en 1 album in-fol. cart.

Mœurs parisiennes (*Vilain*). Suite de 10 pièces coloriées.
Modes et ridicules (*Gihaut* et *Vilain*). Suite de 10 pièces coloriées dont nous ne possédons que 9. (Manque la pl. 7.)

Exploitation générale des Modes et Ridicules de Paris et de Londres (*Senefelder*). Suite de 6 pièces coloriées.
Très belles épreuves.

59. **Monnier** (H.). — Vues de Paris (*Delpech*). 1 album in-4° cart.

Suite de 4 pièces en double exemplaire, noir et couleurs.

60. **Newton**. — *Restoration Dressing Room — A deep into Brest with a Navel Review — Wearing the Breeches*. Trois pièces un peu légères.

Belles épreuves coloriées.

61. **Philipon** (Ch.). — La Caricature, journal fondé par Philipon (*Aubert*), 1re année, 1830-1831, 1 vol. in-fol. demi-rel.

Texte et 99 planches, noires et coloriées, par Charlet, Decamps, Deveria, Gradnville, E. Lami, Henri Monnier, Raffet, etc.

62. **Pigal** (E. J.). — Médailles et contrastes (*Gihaut et Martinet Langlumé*), 1 album petit in-fol. cart.

Suite de 24 planches coloriées numérotées de 1 à 12 et de 1 *bis* à 12 *bis*. Très belles épreuves.

63. **Pigal** (E. J.). — Mœurs Parisiennes. 1 vol. petit in-fol. demi-rel.

Suite de 100 planches coloriées dont nous ne possédons que 86. Manquent les nos 45, 52, 78, 79, 80, 82, 83, 85, 86, 87, 89, 94, 95 et 98, quelques planches sont plus courtes de marges et deux ne sont pas coloriées.

64. **Pigal** (E. J.). — Scènes populaires. 1 vol. petit in-fol. cart.

Suite de 50 planches coloriées; le titre manque et les marges sont inégales.

65. **Pigal** (E. J.). — Scènes populaires (*Setier*). 1 vol. petit in-fol. demi-rel. avec coins.

Suite de 50 planches coloriées, plus le titre et le texte.
Bel exemplaire.

66. **Pigal** (E. J.). — Vie d'un Gamin, en 12 chapitres (*Gihaut*). 1 album in-fol. cart.

Suite de 12 pièces coloriées, les épreuves sont très belles et très fraîches.

67. **Pajou** et **Pigal**. — Proverbes et bons mots mis en action

d'après les mœurs populaires, texte par J. Arago. 1 vol. grand in-4° demi-rel.

66 planches, coloriées numérotées de 2 à 66. Manque le titre, incomplet de texte et quelques cassures.

68. **Scheffer** (J.). — Amourettes. 1 vol. In-fol. cart.

62 planches coloriées et 3 en noir, appartenant à différentes suites.

69. Parades. (*Langlumé*). 1 album petit in-fol. cart.

Suite de 12 planches coloriées.

70. **Travies** (J.-J.) et autres. — Les Mayeux. 1 vol. petit in-fol. cart.

Réunion de 36 planches coloriées et 4 en noir. Ensemble 40 pièces.

71. **Travies** (J.-J.). — Tableau de Paris (*Boves*). 1 album in-fol. cart.

Suite de 20 pièces coloriées, moins la dernière qui est en noir, on y joint 8 planches appartenant à diverses suites. Ensemble 28 pièces.

72. **Wattier** (E.). — La journée d'une actrice (*Langlumé*). 1 album petit in-fol. cart.

11 pièces ovales coloriées.

73. **Wattier** (E.). — La vie d'une modiste (*Vilain et Engelmann*). 1 album petit in-fol. cart.

Suite de 17 planches coloriées, marges inégales.

CHALLE (D'après M. A.).

74. Les Amants surpris. — Les Espiègles. Deux pièces, faisant pendants, gravées par Descourtis.

Très belles épreuves imprimées en couleurs, la première pièce est un peu frottée.

75. Les Espiègles, par Descourtis.

Superbe et très fraîche épreuve imprimée en couleurs. Très rare de cette qualité.

CHEREAU (F.).

76. Polignac (Melchior, Cardinal de), d'après H. Rigaud. In-fol.

Superbe et très rare épreuve avant toutes lettres.

COCHIN (Par et d'après N.).

77. Accouchement de Mme la Duchesse de Bourgogne.
Mort de Louis XIV.
Entrée de Louis XV dans Paris, par la porte Saint-Antoine.
L'application du Régent aux affaires.
Rétablissement du Commerce et de la Marine sous la Régence du Duc d'Orléans.
La Chambre de Justice fait rendre gorge aux Maltotiers.

Six pièces tirées de l'histoire de Louis XV par Médailles.
Très belles épreuves avant toutes lettres, seulement les noms des artistes tracés à la pointe. Marges des cuivres.

78. Louis XVI soutenu par Minerve et Thémis; médaillon allégorique gravé à l'eau-forte par A. de Saint-Aubin, et terminé par de Longueil. (E. B. 334). In-4°.

Superbe et très rare épreuve d'un état, non décrit, venant immédiatement après l'eau-forte pure; elle est avant toutes lettres et la figure du roi n'est pas terminée. Marge.

COSSE (D'après).

79. *The Family destress occasioned by the loss of a child. — The Family hapiness restored hy their child return.* Deux grandes pièces en largeur, faisant pendants, gravées par Place.

Très belles épreuves imprimées en couleurs.

COSTUMES (Suites et Recueils de).

80. **Boilly** (J.). — Collection de costumes italiens dessinés d'après nature en 1827. *Paris, chez Daudet, l'aîné.*

48 planches coloriées.

81. **Bonnart, Arnoult** et autres. — Portraits et costumes du XVIIIe siècle. 1 vol. in-fol. demi-rel.

26 planches noires et coloriées.

82. **Bosse** (A). — La Noblesse Française à l'Église, suite de 13 pièces dont nous ne possédons que 12 (manque le n°3) (D. 1319-1331).

Très belles épreuves du 1er état : avec la première adresse, celle de l'auteur, elles ont de très grandes marges moins la planche 8 qui est remargée et la planche 11 dont la marge de gauche a été enlevée.

83. **Buisson** (à Paris chez). — CABINET DES MODES ou modes nouvelles décrites d'une manière claire et précise et représentées par des planches en taille douce enluminées. *Paris*, 1785. Un vol. in-8° demi-rel.

Première année commencée le 15 novembre 1785 pour finir le 1er novembre 1786, elle comprend 24 cahiers composés chacun de 3 planches coloriées gravées par Duhamel, d'après Desrais, Defraine, etc., et de 8 feuilles de texte. Manquent la planche 3 du 17e cahier et les pages 137 et 138 du texte.

84. **Buisson**. — 36 pièces de différentes années extraites de l'ouvrage précédent.

Très belles épreuves coloriées, 16 pièces ont deux ou trois sujets sur la même feuille.

85. **Lebrun**. — Continuation du Cabinet des Modes.

19 pièces coloriées extraites des années 1791, 1792 et 1793. Très rares.

86. **Desrais**. — Coiffures.

Trois jolis petits dessins originaux.

87. **Desrais**. — 12 costumes de femmes numérotés de 1 à 12 sur une même planche. Jolie pièce gravée par Dupin, publiée chez *Esnauts* et *Rapilly*.

Très belle épreuve. Toute marge.

88. **Desrais**. — Lévite à trois collets. — Robe au plaisir du cœur. — Caracot au charme d'amour, etc. 12 petites pièces à deux personnages, imprimées sur une même feuille.

Superbe épreuve. Toute marge.

89. **Esnauts** et **Rapilly** (à Paris chez). — GALERIES DES MODES ET COSTUMES FRANÇAIS. 1 vol. petit in-fol. mar. plein.

1re, 2e, 3e, 4e et 5e suites complètes de nouveaux costumes français, pour les coiffeurs : 30 pièces à 4 sujets sur la feuille, les épreuves sont très belles et ont leurs marges entières non ébarbées

90. **Lanté.** — Costumes des ouvrières de Paris. 1 vol. petit in-fol. demi-rel.

Suite de 47 planches coloriées dont nous ne possédons que 44, manquent les nos 26, 44 et 46 et le no 13 est un peu plus court de marge.

91. **La Mesangère.** — Journal des Dames et des Modes. *Paris, chez l'auteur.* 4 vol. in-8°.

Année 1807, complète, texte et 52 planches coloriées.
Année 1812, du 5 août au 31 décembre. Texte et 35 planches coloriées.
Année 1813, du 5 janvier au 31 juillet. Texte et 49 planches coloriées, manque la planche 1317.

92. **La Mode.** — Revue des Modes, Galerie des mœurs. Album des Salons 1829-1831 : *Paris, rue du Helder.* 7 vol. in-4° demi-rel.

Revue fondée en 1829, par E. de Girardin, 161 planches coloriées, gravées la plupart d'après Gavarni. Manquent les planches 45, 69, 85, 86, 88 et 89 et le texte de la 1re livraison du 5e vol. soit le titre et 24 pages.

93. **Madou** (J.). — Costumes du Peuple de toutes les Provinces du Royaume des Pays-Bas. Suite de 40 pièces lithographiées. 1 vol. in-4° cart.

Très belles épreuves coloriées

94. **Maaskamp** (chez). — Tableaux des habillements, des mœurs et des coutumes en Hollande au commencement du XIXe siècle. 1 vol. petit in-fol. demi-rel. ancienne.

Texte et 20 planches coloriées.

95. **Vernet** (C.). — Cris de Paris.

71 pièces coloriées.

96. **Vernet** (H.) et **Lanté.** — INCROYABLES ET MERVEILLEUSES DE 1814. 1 vol. petit in-fol. obl. veau.

Suite complète de 33 pièces coloriées gravées par Gatine, elles sont montées sur bristol et ont leurs marges entières moins celles des nos 16, 17 et 31 qui sont un peu plus courtes.
On a joint à cet exemplaire 15 pièces doubles en états différents, les nos 2, 4, 12, 16, 17, 18, 21, 22, 23, 24, 28, 29, 30, 31 et 32. 31 de ces dernières pièces sont coloriées, deux, les nos 2 et 4, sont en noir.

COSWAY (D'après R.).

97. Beckford (*M. Horace*) en pied, par J. Condé. In-fol.

Superbe et très fraîche épreuve, la bordure imprimée en jaune et le nom du personnage en bistre. Grande marge.

98. Jackson (M^rs), en pied, par J. Condé. Petit in-fol.

Superbe et très fraîche épreuve, la bordure imprimée en jaune et le nom du personnage en bistre. Grande marge.

99. Fitzherbert (M^rs), par J. Condé. In-fol.

Superbe épreuve imprimée en bistre.

CROISEY (P.).

100. Marie-Antoinette, archiduchesse d'Autriche, dauphine de France, dans un médaillon richement orné reposant sur un socle. Petit in-fol.

Très belle épreuve. Rare.
Cadre doré, style Louis XVI.

CURTIS (J.).

101. Marie-Antoinette, reine de France, en buste, dans une bordure ovale, haute coiffure ornée de plumes et corsage décolleté. Gravé d'après Defroc et J. Boze. In-fol.

Superbe et très rare épreuve avant toutes lettres.

DAULLÉ (J.).

102. Louis, dauphin de France, né à Versailles le 4 septembre 1729, d'après S. Belle (Del. 34). In-fol.

Très belle épreuve.

103. Mariette (Jean), graveur et libraire, d'après Ant. Pesne. 1723 (43). In-fol.

Très belle épreuve Grande marge.

104. Feuquières (Cath.-Marguerite Mignard, comtesse de), d'après P. Mignard. In-fol. (D. 47). Debout en muse, tenant en main une trompette de la Renommée, elle s'appuie sur un cadre où se trouve le portrait de son père.

Superbe épreuve avant l'adresse du graveur. Très rare.

105. Narbonne-Pelet (M.-A. Diane de Rosset de Fleury, vicomtesse de), d'après Latinville (70). In-fol.

Superbe et très rare épreuve du 1er état : avant beaucoup de travaux, avant que la planche ait été diminuée et que les inscriptions au-dessus et de chaque côté de la place réservée pour les armes aient été enlevées. Sans marge.

DALEN (C. Van).

106. Aretin (P.). — Boccace (J.). — Piombo (S. del). — Barbarelli (dit Giorgon). Suite de 4 portraits in-fol. d'après le Titien.

Superbes épreuves avant toutes lettres, elles ont de grandes marges moins le portrait du Giorgon qui n'en a que de petites.

DAVID (H.).

107. Anne d'Autriche, reine de France, à cheval, suivie d'un page qui tient une ombrelle. In-fol.

Très belle épreuve. Rare.

DELFF (W. J.).

108. Élisabeth, reine de Bohême, fille du Roi Jacques d'Angleterre, épouse de Frédéric V, électeur Palatin, d'après Miereveld, 1623 (F. 10). In-fol.

Très belle épreuve.

109. Oxenstiern (Axel, comte d'), Chancelier de Suède, d'après Miereveld. 1636 (66). In-fol.

Très belle épreuve.

110. Bavière (Wolfang-Wilhem de), comte Palatin, d'après Miereveld (D. F. 68). In-fol.

Très belle épreuve du 1er état : avant que l'année 1630 ait été convertie en 1631.

111. Cavalcade des Princes de la famille de Nassau et Orange Nassau : Maurice, Philippe Guillaume, Frédéric Henri, etc. Grande et très belle pièce, en largeur, gravée d'après A. v. de Venne. 1621 (95).

Très belle épreuve ayant quelques raccommodages. Fort rare.

DEBUCOURT (P. L.).

112. La Noce au château. 1789 (21).

Très belle épreuve imprimée en couleurs. Rare.

113. Promenade de la Gallerie du Palais Royal. 1787 (11).

Superbe épreuve, imprimée en couleurs du 2e état : avant la correction au mot Imprimé, lequel est écrit Emprimé ; elle a la marge du cuivre et est piquée d'humidité. Rare de cette qualité.

114. Annette et Lubin (22).

Très belle épreuve imprimée en couleurs tirée avant que la date *15 juin 1789* tracée à droite, sous le trait carré, ait été effacée.

115. Le songe réalisé (30).

Très belle épreuve. Remargée.
Cadre doré ancien.

116. Jouis tendre mère (58).

Superbe et rare épreuve avant la lettre. Marge.

117. Oui, son arrivée fera notre bonheur, 1796 (60).

Très belle épreuve.

118. Modes et manières du Jour (71-122). Numéros : 2, 3, 5, 9, 11, 12, 14, 16, 17, 19, 21, 23, 24, 25, 27, 28, 29, 30, 31, 32, 33, 34, 36, 38, 39, 40 et 46.

Très belles épreuves coloriées. Marges inégales.

119. Napoléon Ier, en pied, 1807 (199).

Très belle épreuve imprimée en couleurs et en partie coloriée.

120. Copie de l'estampe précédente publiée, à Berlin, en 1806.

Belle épreuve coloriée.

121. Alexandre Ier, en pied, 1807.

Très belle épreuve imprimée en couleurs et en partie coloriée.
Petite marge, manque le titre.

122. La Toilette d'un clerc de Procureur, d'après C. Vernet (201).

Très belle épreuve en couleurs.

123. Le Carnaval, 1810 (219).

Superbe et très rare épreuve tirée avant que le ciel ait été gravé et avant qu'un mur et une maison aient été ajoutés, à gauche, dans la composition.

124. Illumination de la Grande Cascade de Saint-Cloud, le 1er avril 1810, jour du mariage civil de S. M. L'Empereur et Roi avec l'archiduchesse Marie-Louise d'Autriche (221).
Vue de l'Arc de Triomphe de l'Étoile et du Bouquet du feu d'artifice tiré le 2 avril 1810, pour le mariage de LL. MM. II. et RR (222). Deux pièces faisant pendants.

Superbes et très fraîches épreuves du premier tirage : avant quelques changements et avec toutes les inscriptions tracées à la pointe. Marges.

125. Feu d'artifice à l'Arc de Triomphe de l'Etoile, 1810 (222).

Très belle épreuve, en couleurs, avec la lettre gravée.

126. La Calèche renversée, 1812 (307).

Très belle épreuve coloriée. Marge.

127. Anglais en habit habillé, d'après C. Vernet (336).

Très belle épreuve très soigneusement coloriée, probablement celle qui a servi de modèle au coloriste. Sans marge.

128. Goûter des Anglais, 1815 (393).

Superbe et très fraîche épreuve en couleurs. Marge.

129. Réception de Mme la Duchesse de Berry par S. M. Louis XVIII et la Famille Royale à Fontainebleau le 15 juin 1816 (417).

Très belle épreuve.

DEMARTEAU (G.).

130. Tête de jeune fille, de profit à droite, coiffée d'un petit chapeau, d'après Frédou.

Très belle épreuve tirée à la sanguine.

DEME (D'après).

131. Jeune femme pinçant de la Harpe, médaillon ovale gravé par Walker.

Très belle épreuve avant la lettre, imprimée en bistre.

DESCOURTIS (C. M.).

132. Frédérique-Louise-Wilhelmine, Princesse d'Orange. Très gracieux portrait ovale, in-fol., gravé sous la direction d'Hentzi, d'après Tozelli.

Superbe épreuve, avant toutes lettres, imprimée en couleurs, seulement les noms des artistes tracés à la pointe, au-dessous de l'ovale ; elle est excessivement fraîche et est tirée sur papier ayant une légère teinte bleuâtre. Très grande marge.

133. Le même Personnage n'étant encore que princesse héréditaire d'Orange et de Nassau. In-fol. ovale gravé à la manière noire.

Très belle épreuve sans marge. Très rare.

134. Frédérique-Sophie-Wilhelmine, princesse d'Orange et de Nassau. Très beau portrait ovale, in-fol. gravé d'après Hentzi.

Très belle épreuve imprimée en couleurs.

DESFOSSÉS (D'après M.).

135. La Reine Marie-Antoinette annonce à Mme de Bellegarde des Juges et la liberté de son mari, en mai 1778. Gravé par Duclos.

Très belle et rare épreuve avant la lettre.

DESPLACES (L.).

136. Duclos (Marie-Anne de Chateauneuf, Mlle), de la Comédie-Française, dans le rôle d'Ariane; gravé d'après N. de Largillière. In-fol.

Très belle épreuve. Remargée.

137. Titon (Marguerite Bécaille, veuve), d'après N. de Largillière. In-fol.

Superbe épreuve.

DESPRES (D'après).

138. Vue perspective du Pont projeté par le S[eur] Perronet, pour être construit sur la Seine au droit de la Place Louis XV, par Berthault.

Très belle épreuve avec une très grande marge.

DESRAIS (D'après).

139. Marie-Antoinette, archiduchesse d'Autriche, reine de France, en pied en grand costume de Cour; gravé par Deny. In-4°.

2e feuille du cahier A. de la Galerie des Modes et Costumes Français.

Très belle épreuve coloriée. Toute marge.

DOUBLET (D'après).

140. Ariette de Rosette et Colas, act. 3. — Quatuor de Lucile, acte 1. Deux pièces grivoises, faisant pendants, gravées par J. N. Boillet.

Très belles épreuves.

DREVET (P.).

141. Philippe V, roi d'Espagne, d'après H. Rigaud (F. D. 41). Grand in-fol.

Superbe épreuve du 1er état : avant l'adresse de Bligny.

142. Louis le Grand en pied, debout sur le trône, d'après H. Rigaud (55). Grand in-fol.

Très belle épreuve.
Cadre doré, style Louis XIV.

143. Louis XV, roi de France, enfant, assis sur le trône, d'après H. Rigaud. Grand in-fol. (58).

Très belle épreuve.
Cadre doré, style Louis XV, avec les Armes Royales en fronton.

144. Toulouse (Louis-Alexandre de Bourbon, Comte de), amiral de France, d'après H. Rigaud (64). In-fol.

Très belle épreuve.

145. Lambert (Marie de Laubespine, Mme), d'après N. de Largillière (81). In fol.

Très belle épreuve du 2e état : avant que l'indication de la rue, dans l'adresse de Drevet, ait été supprimée.

146. Portail (Antoine), premier Président du Parlement de Paris, d'après Tournières (108). In-fol.

Superbe épreuve du 2e des quatre états décrits : avant l'adresse de Bligny.

147. Rigaud (Hyacinthe), célèbre peintre de portraits, d'après lui-même (112). In-fol.

Superbe épreuve du 2e état : avant la lettre, mais avec les noms des artistes gravés au-dessous du trait carré. Rare.

148. Verthamon (Jean-Baptiste), évêque de Pamiers (122). In-fol.

Très belle épreuve. Grande marge.

149. Villars (Claude-Louis-Hector, duc de) Maréchal de France (123). In-fol.

Superbe et rare épreuve du 3e état : avant que l'inscription en neuf lignes, dans la tablette, ait été remplacée par une autre inscription ne formant que six lignes. Petite marge.

DREVET (Pierre-Imbert).

150. Fénelon (François de Salignac de la Mothe), archevêque de Cambrai, d'après Vivien (F. D. 16). Petit in-fol.

Très belle épreuve.

151. Mailly (François de), cardinal, archevêque de Reims, d'après Van Loo (26). In-fol.

Très belle épreuve. Grande marge.

DREVET (Cl.).

152. Sinzendorf (Philippe-Louis, Comte de), homme d'État allemand, d'après H. Rigaud (F. D. 15). In-fol.

Très belle épreuve tirée avant qu'à la suite du nom du graveur la faute *Parisis* ait été rectifiée en *Parisiis*. Rare.

DROUAIS (D'après).

153. Du Barry (Mme la comtesse), en costume de chasse, par Beauvarlet. In-fol.

Très belle épreuve avant la lettre.

154. Turenne (Les Enfants du Comte de), par Beauvarlet. In-fol. en largeur.

Belle épreuve.

DUTAILLY (D'après).

155. On doit à sa patrie le sacrifice de ses plus chères affections, par Coqueret.

Superbe et rare épreuve, avant toutes lettres, imprimée en couleurs. Très grande marge.

DYCK (D'après A.).

156. SOUTHAMPTON (*Rachel Countess of*), gravé à la manière noire, par Mc Ardell. In-fol.

Très belle épreuve.

157. RICHMOND (*James Stuart Duke of*), gravé à la manière noire, par R. Earlom. In-fol.

Très belle épreuve. Sans marge sur les côtés.

EARLOM (R.).

158. Un marchand offrant un lièvre à deux jeunes gens. Grande et belle pièce, en hauteur, gravée à la manière noire, d'après Zoffany.

Superbe et très rare épreuve avant toutes lettres sauf les noms des artistes et celui de l'éditeur tracés à la pointe.

ÉCOLE ANGLAISE.

159. *Morning or thoughts on Amusement for the Evening*. Joli médaillon, ovale, gravé au pointillé.

Superbe et très fraîche épreuve imprimée en bistre. Grande marge.

ÉCOLE FRANÇAISE.

160. Répertoire de Fontainebleau, 1773. — Le Vrai Bonheur. — C'est Papa. — Pièce sur les Coiffures. — Le Maréchal-Ferrant de la Vendée, etc. 8 pièces d'après Moreau, Van Gorp, Sablet, etc.

Très belles épreuves avant et avec la lettre.

161. Trait de bonté du duc de Bourgogne. — Le Rendez-vous de Chasse. — Vue de l'Intérieur du Nouveau Cirque au

Palais-Royal. — Les Gastronomes affamés. — La lecture intéressante. 5 pièces par ou d'après Janinet, Desrais, Debucourt et Van Gorp.

Très belles épreuves, plusieurs en couleurs.

EDELINCK (G.).

162. Sainte Madeleine, d'après Ch. Le Brun. (Portrait présumé de Mlle De La Vallière) (R. D. 32).

Superbe épreuve du 2e des cinq états décrits : avant toutes lettres mais avec les noms des artistes repris au burin. Très rare.

163. Descartes (René), célèbre Philosophe, d'après Hals (181). Petit in-fol.

Superbe épreuve du 1er état : avant l'adresse de Chereau. Grande marge.

164. D'Hozier (Charles), généalogiste du roi, d'après H. Rigaud (184). In-fol.

Très belle épreuve. Marge.

165. La Vallière (Louise-Françoise de la Baume Le Blanc, duchesse de) (237). In-4o.

Très belle épreuve avec marge. Rare.

166. Leeuwen (Gerbrand van), professeur à Amsterdam, d'après A. Boonen (239). In-fol.

Superbe et rare épreuve du 1er état : avant l'inscription sur la bordure et avant les vers sur le socle. Grande marge.

167. Lionne (J. P. de), aumônier du Roi (247). Rigaud (H.), célèbre peintre (303). Deux portraits, in-fol., gravés d'après Jouvenet et Rigaud.

Très belles épreuves. La première pièce est avec la dédicace, laquelle a été enlevée par la suite.

168. Montarsis (Pierre de), amateur des Beaux-Arts, d'après Ant. Coypel (277). In-fol.

Superbe et rare épreuve du 2e état : avec tous les angles arrondis, mais avant que le millésime 1692, très finement tracé dans l'angle droit de la marge inférieure, ait disparu. Grande marge.

169. Montespan (Françoise-Athénaïs de Rochechouart, marquise de), d'après Benoist (278). In-4°.

Très belle épreuve de l'un des plus jolis portraits de la célèbre marquise. Excessivement rare.

170. La même Estampe.

Belle épreuve d'un second état non décrit : avec les mots *veuve* et *vis-à-vis Saint-Yves*, effacés dans l'adresse. Grande marge.

171. Pascal (Blaise), Littérateur célèbre (290). Petit in-fol.

Superbe et très rare épreuve d'un 1er état non décrit : avant de nombreuses reprises à la planche, surtout dans la figure du Personnage. Grande marge.

172. Simon (Pierre), Graveur au burin, d'après P. Ernou (320). In-fol.

Superbe épreuve du 2e des cinq états décrits : avant toute adresse. Rare.

EDELINCK (N.).

173. Sévigné (Marie de Rabutin-Chantal, marquise de), d'après Nanteuil. In-18.

Superbe épreuve du 1er état : avant le trait d'union tracé entre les mots Rabutin et Chantal (celui qu'on voit est tracé à l'encre). Excessivement rare.

FALCK (J.).

174. Iwenhusen, peintre. In-fol.

Superbe épreuve. Rare.

FIESINGER.

175. Mirabeau (H. G. Riquetti de), d'après Guérin, 1793. In-fol.

Superbe et très fraîche épreuve tirée en bistre sur fond teinté vert; marges non ébarbées. Rare de cette qualité.

FINLAYSON (J.).

176. Coventry (*Maria Countess of*). Gravé à la manière noire d'après C. Read. In-fol.

Très belle épreuve.

FIRENS (P.).

177. Louis XIII, et Anne d'Autriche, jeunes, en regard l'un de l'autre sur une même feuille In-4° en largeur.

Très belle épreuve.

FRAGONARD (D'après H.).

178. Dites donc, s'il vous plaît, par Gautier Dagoty.

Très belle épreuve imprimée en couleurs. Excessivement rare.

179. La Mère de famille, par A. Romanet.

Très belle épreuve.

180. On ne s'avise jamais de tout, par Patas (Pour les Contes de La Fontaine).

Très rare épreuve à l'état d'eau-forte.

FRESCHI (A.).

181. *Awake* — *Prayers* — *Sleep*. Trois pièces.

Très belles épreuves imprimées en couleurs.

FREUDEBERG (D'après S.).

182. Le Lever par Romanet.
Le Bain, par Romanet.
Le Coucher, par Duclos et Bosse.
L'Événement au bal, par Duclos et Ingouf.
La Promenade du soir, par Ingouf.
Les confidences, par Lingée.
Le Boudoir, par P. Malœuvre.
La Promenade du matin, par Lingée.
La Visite innatendue, par Voyez l'aîné.
La Toilette, par Voyez l'aîné.

Dix estampes formant, moins deux pièces : la *Soirée d'hiver* et l'*Occupation*, la 1re série de la « Suite d'Estampes pour servir a l'histoire des mœurs et du costume des Français dans le xviiie siècle ».
Superbes épreuves avant les numéros. Marges des cuivres.

183. Le Boudoir, par Malœuvre.

Très belle épreuve. Toute marge.

184. Les Confidences, par C. Lingée.
Belle épreuve. Toute marge.

185. L'Événement au bal, par Duclos et Ingouf.
Très belle épreuve avant le numéro.

FROMMEL (Par et d'après Ch.).

186. Vue de Saint-Cloud. — Vue de Montmorency. Deux grandes pièces.
Très belles épreuves coloriées.

SMITH (J. R.).

187. *Ariadne and Theseus*. Grande pièce, en hauteur, gravée à la manière noire d'après Fuseli.
Très belle épreuve imprimée en couleurs.

GARBIZZA (Par et d'après).

188. Vue de Paris nº 4 prise de l'entrée des Champs-Elysées.
Très belle épreuve coloriée du temps.

GARDNER (D'après D.).

189. *A Lady and her Children* (Portraits de Lady Rushout et de ses enfants). Gravé à la manière noire par T. Watson.
Très belle épreuve.

GAUCHER (E.).

190. Du Barry (Mme la comtesse), d'après Drouais. In-18.
Très belle épreuve tirée avant que la première adresse, celle de l'auteur, ait été remplacée par celle de Bligny. Rare.

GAULTIER (L.).

191. Médicis (Marie de), reine de France et de Navarre. In-8º.
Très belle épreuve.

GÉRARD (D'après Mlle).

192. Le triomphe de Minette, par Vidal.
Très belle épreuve. Toute marge.

GOLTZIUS (H.).

193. Henri IV, roi de France (B. 173). In-fol.

Très belle et rare épreuve avec la première adresse, celle de P. de la Houve. Grande marge.

194. La Faille (N. de), Gentilhomme hollandais. In-8° (B. 212).

Très belle épreuve.

GRATELOUP (J. B. de).

195. Bossuet (J.-B.) en pied, d'après H. Rigaud (F. 1). In-8°.

Très belle épreuve du 1er état : avant toutes lettres, sur papier de Chine doublé.

196. La même Estampe.

Très belle épreuve.

197. Bossuet (J.-B.) en buste, d'après H. Rigaud (2). In-18.

Superbe épreuve du 1er état : avant toutes lettres, sur papier de Chine doublé.

198. Dryden (J.), d'après Kneller (4). In-18.

Très belle épreuve du 1er état : avant toutes lettres, sur papier de Chine doublé ; légèrement tachée.

199. Lecouvreur (Adrienne), d'après Coypel (6). In-18.

Superbe épreuve avant toutes lettres (seul état connu) sur papier de Chine.

GREEN (V.).

200. Huntler (Catherine), gravé à la manière noire, d'après Calze, 1771. In-fol.

Très belle épreuve.

GREUZE (D'après J.-B.).

201. La Cruche cassée, par Massard.

Superbe épreuve signée, au verso, par les artistes. Rare de cette qualité.

202. La Laitière, par Le Vasseur.

Très belle épreuve.

203. La Voluptueuse, réduction ovale en largeur.

Très belle épreuve, avant toutes lettres, tirée en bistre rosé,

204. La Paresseuse, par P. E. Moitte.

Très belle épreuve avant la lettre.

GUYOT.

205. Offrande faite à l'Assemblée Nationale par les Dames Artistes, de leurs bijoux et joyaux. Petite pièce ovale en largeur.

Très belle épreuve imprimée en couleurs. Grande marge.

HABERT.

206. Orléans (Marie-Louise d'), Reine d'Espagne; buste fort comme nature. In-fol.

Très belle épreuve. Rare.

HAMILTON (D'après W.).

207. *The Morning,* — *Night.* Deux pièces ovales, faisant pendants, gravées par P. W. Tomkins et P. Delatre.

Très belles épreuves imprimées en couleurs, la seconde pièce a une petite déchirure.

208. *The Morning,* par C. W. Tomkins.

Belle épreuve en couleurs.

HARMAR (T.).

209. *The Return Banquet.* Petite pièce ovale gravée au pointillé.

Très belle épreuve en couleurs.

HISTORIQUES (Pièces).

210. « Pourtrait d'une tapisserie faite il y a deux cens ans, où est représenté le Roy Charles VII allant faire son entrée en la ville de Reims pour y estre sacré à la conduite de la Pucelle d'Orléans 1429 ». *J. Poinsart fecit.*

Superbe épreuve.

211. Henri II, roi de France. — Médicis (Catherine), reine de France. Deux portraits, in-4°, en pied, faisant pendants, gravés par Hogenberg.

Très belles épreuves. Rares.

212. « Pourtrait et description du massacre proditoirement commis au cabinet et par l'autorité du Roy, pendant les Estats à Blois en la personne de Henry de Lorraine, magnanime Duc de Guyse.

« Cruauté plus que barbare infidèlement perpétrée par Henry de Valois, ennemy des Catholiques du Royaume de France, en la personne de Monsieur l'illustrissime Cardinal de Guyse »...

Deux pièces avec légendes, gravées sur bois par un anonyme; elles sont imprimées sur une même feuille.

213. « Réduction miraculeuse de Paris dans l'obéissance du Roy très chrestien Henri IIII et comme Sa Majestée y entra par la porte neuvfe le mardy 22 de mars 1594. »

« Comme le Roy alla incontinent à l'Eglise de Nostre Dame rendre grâces solennelles à Dieu, de cette admirable réduction de la Ville Capitale de son Royaume. »

« Comme Sa Majesté le mesme jour, estait à la porte-Saint-Denis voir sortir hors de Paris, les garnisons étrangères que le Roy d'Espagne y entretenait. »

Suite de trois pièces gravées au burin, accompagnées de légendes en français, Jean le Clerc, ex., N. Bollery, fec.

Très belles épreuves.

214. Henry IV, Gabrielle d'Estrées, César de Bourbon, duc de Vendôme, Catherine, Henriette de Bourbon et divers autres personnages de la Cour. *L. Gaultier, fecit.*

Très belle épreuve d'une très intéressante et très belle estampe qui, pendant longtemps, a été considérée comme représentant la famille légitime de Henri IV, tandis qu'elle représente celle de la main gauche.

215. « Les heureuses et fatales devises de Monseigneur le Dauphin et de Madame fille unique de Henri IIII, roy de France et de Navarre. » *L. Gaultier, fecit, 1604, J. Le Clerc, exc.*

Très belle épreuve. Remargée.

216. « Représentation des Cérémonies et de l'ordre gardé au Baptême de Monseigneur le Dauphin et de Mesdames ses sœurs à Fontainebleau le 14e jour de septembre 1606,

avec privilège du Roy. » *J. Le Clerc, ex. L. Gaultier, sculp.*, 1606.

Très belle épreuve, le titre manque. Fort rare.

217. Assassinat de Henri IV; au-dessus du sujet principal, différentes scènes du supplice de Ravaillac. Pièce anonyme gravée sur bois.

Ancienne et très belle épreuve.

218. « Le Portrait de très hault, très puissant, très excellent prince Henry le Grand, par la grâce de Dieu, Roy de France et de Navarre, très Chrestien, très Auguste, très Victorieux et Incomparable en Magnanimité et Clémence qui trespassa en son Palais du Louvre, le vendredy 14e may 1610. » *F. Quesnel, pinx., J. Briot, fecit, avec privilège du Roy.*

Très belle épreuve accompagnée d'une partie de la légende. Très rare.

219. « Le portrait du défunct Roy Henry le Grand IIIIe du nom, roy de France et de Navarre sur son lict de deuil. » *P. Firens, excudit*, 1610.

Superbe épreuve ayant une petite marge.

220. Henry IV à cheval sur le champ de bataille d'Ivry. *Halbeeck, f., J. Le Clerc. excudit.* Petit in-fol.

Très belle épreuve. Rare.

221. Le Sceptre de Milice (Henri IV en pied, couvert d'une riche armure, tranchant le nœud gordien et coupant les têtes de l'hydre). *L. Gaultier, fecit.* In-4°.

Très belle épreuve d'une pièce fort rare, une des plus jolies du Maître.

222. « L'admirable dessein de la porte et place de France avec ses rues commence à construire es-marests du temple à Paris durant le règue de Henry le Grand, 4e du nom, Roy de France et de Navarre, l'an de grâce mil six cens et dix, » par *Claude Chastillon Chaalonnois.*

Très belle épreuve, une légère déchirure.

223. Marie de Médicis et Louis XIII enfant, (R. D. 126.) Petit In-8°.

Superbe épreuve d'une pièce fort rare, gravée par J. Briot d'après F. Quesnel 1610.

224. « Louys XIIIe du nom, Roy de France et de Navarre, » à cheval dans une bordure carrée, décorée de fleurs de lis, au bas de laquelle on lit, dans une tablette, quatre vers : *Voicy du Grand Henry, la renaissante image*, etc., au-dessous, dans une planche accessoire, un anagramme et un sonnet. » Pièce non décrite, petit in-8°. *J. Briot fecit.*

Très belle épreuve entourée de trois côtés par une large dentelle. Restaurée.

225. « Le sacre et couronnement du Roy très Chrestien Louys XIII, roi de France et de Navarre, célébré à Reims le dimanche dix-septiesme octobre 1610. » *Halbeeck sculp.*, *J. Le Clerc, excud.*

Très belle épreuve d'une pièce fort rare. Manque le titre.

226. « Cérémonies observées au sacre et couronnement du très chrestien Roy de France et de Navarre Louis XIII. » Deux pièces se complétant, gravées par *Th. de Leu* et *Firens*, d'après Quesnel.

Très belles épreuves, la pièce gravée par Th. de Leu est seule accompagnée de sa légende explicative.

227. « Le cœur du fidèle subject François dédié au Roy. » *Petrus Firens fecit et excud.*, *Franciscus scholarus sicielus inventor.*

Pièce emblématique avec sa légende explicative, publiée au retour du Roy de son sacre fait à Reims, en sa capitale ville de Paris; aux deux angles supérieurs, les portraits très finement gravés de Louis XIII et de Marie de Médicis.
Très belle épreuve. Très rare.

228. Le Carrousel donné à la place Royale, 1612. *J. Ziarnko Polon*[s]. *fecit.*

Très belle épreuve d'une pièce excessivement rare.

229. « Dessein des pompes et magnificences du Carousel faict en

la place royalle a Paris le V, VI, VII apvril 1612 » *par C. Chatillon.*

Très belle épreuve.

230. « Tableau et Emblesme de la détestable vie et malheureuse fin de Maistre Coyon. » *Ziarnko fec.*

Très belle épreuve, en parfaite condition, d'une pièce à compartiments, gravée en 1617, dans chaque compartiment sont représentés, la mort du Maréchal d'Ancre et les atrocités qui l'ont suivie, elle est accompagnée d'une légende en français. Excessivement rare.

231. « Les noms, surnoms, qualitez, armes et blasons des chevaliers et officiers de l'ordre du St-Esprit, créez par Louys le Juste XIIIe du nom, roy de France et de Navarre, a Fontainebleau, le 14 may 1633. » Suite de 4 pièces, y compris le titre, gravées par A. Bosse (1207-1210).

Très belles épreuves.

232. Le Siège de la Motte (1220). — Les Vœux du Roy et de la Reine a la Vierge (1225). Deux pièces gravées par A. Bosse.

Très belles épreuves.

233. « Portrait du Magnifique Bastiment de la maison de Ville de Paris », par *Cl. Chastillon*, gravée par *M. Mérian*, 1645.

Très belle épreuve d'une grande pièce en deux feuilles ; elle est des plus intéressantes et comme vue et comme scènes de mœurs, la scène étant prise au moment où on tire le feu de la Saint-Jean.

234. « La foire de Guibray, en Normandie, près de la ville de Fallaize. » *F. Chauvel del., N. Cochin sculp., Ch. Jollain escud. à Paris.*

Très belle épreuve d'une pièce, fort rare, animée d'une multitude de figures.

235. Sacre de Louis XIV, suite de trois grandes pièces en hauteur avec légendes explicatives. *Le Pautre fecit.*

Très belles épreuves, la première pièce a une partie de sa marge rapportée.

236. « Cérémonie du Baptesme de Monseigneur le Dauphin fait a Saint-Germain-en-Laye, le 24 mars 1668 par Monsei-

gneur le Cardinal Antoine Barbarin. » *Dessigné sur les lieux et gravé par R. de Hooghe avec permission et privilège du Roy.*

Très belle épreuve.

237. « L'Alliance renouvellée entre la France et l'Espagne, par l'Auguste mariage de Charles II, Roy d'Espagne avec Marie-Louise d'Orléans, fille aisnée de Monsieur, frère unique de Louis le Grand, roy de France. » *A Paris chez la veuve Bertrand.* Grand almanach, pour l'année 1680, en deux feuilles assemblées.

Très belle épreuve d'une très belle pièce, des plus intéressantes et comme costumes et comme portraits.

238. « La Prise de la ville de Luxembourg et de ses dépendances par l'Armée du Roy, avec la rectification de la Trève que nostre Grand Monarque a accordée à l'Empereur, à l'Empire et au Roy d'Espagne, en septembre 1684. » *A Paris chez Pierre Landry.* Grand almanach, pour l'année 1685 en deux feuilles assemblées.

Très belle épreuve. Doublée.

239. Le Roy d'Angleterre congratulé par les Puissances étrangères à son avènement à la couronne. *A Paris chez Des Baris.* Grand almanach, pour l'année 1686, en deux feuilles assemblées.

Très belle épreuve.

240. Femme de qualité en déshabillé reposant sur un lit d'ange, 1686. D'après *J. D. de Saint-Jean.*

Très belle épreuve. Sans marge.

241. « Représentation de la grande feste de S. A. R. Madame la Princesse d'Orange, célébrée en desembre 1686 dans le Salon du Bois de la Haye en l'honneur du jour de la Naissance de Monseigneur le Prince d'Orange. » *D. Marot fecit.* Grande et intéressante pièce en deux feuilles réunies.

Très belle épreuve avec marge.

242. Louis le Grand, l'amour et les délices de son Peuple, les actions de grâce, les festes et les Réjouissances pour le

parfait rétablissement de sa santé. » *A Paris chez N. Langlois.* Grand almanach, pour l'année 1688, en deux feuilles assemblées.

Très belle épreuve d'une pièce intéressante et fort rare : le sujet principal représente le dîner du Roi et de la famille Royale à l'Hôtel de Ville de Paris, le 30 janvier 1787.

243. La Foire de Besons. *Leroux invenit et fecit.*

Très belle épreuve d'une rare et jolie petite pièce.

244. « Nouveau Calendrier de Cabinet pour le reste du siècle avec une table pour trouver les festes mobiles de chaque année, augmenté des nouvelles lunes qui arriveront jusqu'en 1699 et où on verra l'entrée et le temps que le soleil et la lune font en chaque signe du zodiaque », *avec privilège du Roy,* 1691.

Très curieux petit calendrier inventé par le Sr Berey; le sujet principal, représentant un jeune homme endormi dans une campagne, est dessiné au lavis de bistre.

245. Première, seconde et quatrième chambre des appartements du Roi. Trois pièces gravées par A. Trouvain :

Première chambre : M^r^ le duc d'Anjou, le duc de Berry, le prince et le comte de Brionne jouant aux billes.

Seconde chambre : Monseigneur, Madame la princesse de Conty douairière, M^r^ le duc de Bourbon, Madame la duchesse de Bourbon et Mr de Vendôme jouant aux cartes.

Quatrième chambre : Monseigneur le duc de Bourgogne, Madame la duchesse de Chartres, Mademoiselle, Madame la duchesse du Maine, Madame la princesse de Conty, au théâtre.

Très belles épreuves, la première pièce est sans marge et la seconde est remargée en partie.

246. Projet de Fontaine devant être construite devant la Bastille (on l'aperçoit dans le fond), par le Sr Douceur, Ingénieur du Roy. Grand in-fol.

Très belle épreuve d'une pièce anonyme très bien gravée et fort rare.

247. « Entrée solennelle de Philippe V, roi d'Espagne, dans la ville de Naples. » *A Paris, chez Langlois le père.* Grand almanach, pour l'année 1703, en deux feuilles assemblées.

Très belle épreuve.

248. « Le Roi accompagné de sa Cour visite l'Hôtel des Invalides et sa nouvelle Église et y entend la messe célébrée par

Mgr le Cardinal de Noailles. » *A Paris, chez Nicolas Langlois*. Grand almanach, pour l'année 1707, en deux feuilles assemblées.

Belle épreuve doublée.

249. Marie-Thérèse d'Autriche, reine de France. — Louis, dauphin de France. — Marie-Anne-Victoire de Bavière, dauphine de France. Trois portraits équestres.

Très belles épreuves. Sans marges.

250. Cérémonie du Sacre de Louis XVI. *A Paris, chez Bligny*. Grande pièce en largeur.

Très belle épreuve.

251. Le dauphin (Louis XVI) chassant. *Gravé par Perrier*.

Très belle épreuve avec marge.

252. Naissance du second dauphin (Louis XVI), almanach pour l'année 1786.

Très belle épreuve, avec une grande marge, d'une pièce fort rare ; un trou dans l'estampe.

253. Fin tragique de Marie-Antoinette d'Autriche, reine de France, exécutée le 16 octobre 1793.

Superbe épreuve d'une pièce rare, gravée à la manière du lavis Toute marge.

254. L'Impératrice Joséphine. — L'Impératrice Marie-Louise. — Les Chapeaux de Napoléon. — Les adieux de l'Empereur à son armée à Fontainebleau, 1814. — Les Aigles brûlées. Cinq pièces.

Très belles épreuves, les deux dernières pièces sont publiées chez Martinet.

255. Remparts de Vincennes. Dessiné d'après nature le 21 mars 1804, à 2 heures du matin. *Lith. de C. Motte, à Paris, chez Martinet*.

Pièce très rare faisant allusion à la mort du duc d'Enghien. Très belle épreuve tirée sur papier brunâtre.

256. Entrée solennelle de S. M. Louis XVIII dans Paris, par la Porte Saint-Denis, le 3 mai 1814. Gravé par Alix, d'après Pécheux.

Très belle épreuve.

257. Entrée de S. M. Louis XVIII, à Paris, deux pièces différentes. — Hommage rendu par le Peuple Français à S. M. Louis XVIII et à S. A. R. Monsieur le Comte d'Artois. — Monsieur le Comte d'Artois et Madame la Duchesse d'Angoulême se promenant à Saint-Cloud. — Marie Thérèse Charlotte, fille de Louis XVI, à cheval. Cinq pièces publiées chez la veuve Chereau, chez Jean et chez Banu.

Très belles épreuves, quatre sont coloriées.

258. Arrivée de Londres à Paris, le 29 mars 1816, du bateau à vapeur l'« Elise », commandant Andriet, représenté saluant le château des Tuileries. — Vue des galeries de Bois au Palais-Royal. Deux pièces.

Très belles épreuves, la dernière est coloriée.

HODGES (Par et d'après).

259. Brune (Le Maréchal). Gr. in-fol. gravé à la manière noire.

Superbe épreuve avec les inscriptions en lettres grises. Toute marge.

HOPNER (D'après).

260. Asaph (*Charlotte, Viscountess de*), par Wilkin. Charmant portrait in-4°.

Superbe épreuve avant la lettre (lettres tracées) tirée en bistre rosé. Très rare de cette qualité.
Cadre doré, style Louis XVI.

261. Duncombe (*Lady Charlotte*). — Très joli portrait in-4°, gravé par C. Wilkin.

Superbe et rare épreuve avant la lettre (lettres tracées).
Cadre doré, style Louis XVI.

262. Mexborough (*E^th, Count^s of*), gravé à la manière noire, par W. Ward. In-fol.

Très belle épreuve de la planche réduite en carré. Toute marge.

HUET (D'après J. B.).

263. La Déclaration. — L'Amant pressant. Deux pièces, faisant pendants, gravées par A. Legrand.

Superbes épreuves imprimées en couleurs, elles sont très fraîches et ont leurs marges entières non ébarbées. Très rares de cette qualité.

264. Les Compliments du Jour de l'an, par Bonnet.

Très belle épreuve imprimée en couleurs.

265. Les Soins maternels, par Bonnet.

Belle épreuve imprimée en couleurs. Manque de fraîcheur.

266. Les Echasses, par Bonnet.

Superbe épreuve imprimée en couleurs. Toute marge.

267. La Méfiance, par Bonnet.

Superbe épreuve imprimée en couleurs. Rare.

268. La Recherche des appas, par Darnwell.

Très belle épreuve imprimée en couleurs. Rare.

269. Le Repas des Vendangeurs, par A. Leveillé.

Très belle épreuve imprimée en couleurs.

270. L'Amour prie Vénus, par Bonnet.

Très belle épreuve imprimée en couleurs. Très grande marge.

271. Pastorale, par Demarteau (n° 604).

Très belle épreuve imprimée en couleurs.

INGRES (J. D.).

272. Pressigny (Gabriel Cortois de), archevêque de Reims, ambassadeur de France à Rome en 1866. In-fol.

Très belle épreuve de cette superbe eau-forte, la seule que le Maître ait gravée; elle est avant toutes lettres, seulement le nom de *J. D. Ingres fecit Romæ* tracé, à la pointe, sous le trait carré à gauche: elle est très fraîche et a une grande marge. Excessivement rare.

INCROYABLES (Pièces sur les).

273. La Rencontre des Merveilleuses, gravé par la femme Le Fèvre, d'après Banbini.

Superbe épreuve imprimée en couleurs. Toute marge.

274. La Rencontre des Incroyables, gravé par Ruotte, d'après Bunbury.

Très belle épreuve en couleurs. Toute marge.

ISABEY (D'après J.-B.).

275. Le Départ, par Darcis.
Très belle épreuve. Grande marge.

276. Bonaparte, en pied, à la Malmaison. Gravé par C. L. Lingée et terminé par Godefroy. Grand in-fol.
Très belle épreuve avant la lettre. Marge.

277. La même Estampe.
Très belle épreuve avec la lettre. Remargée.

278. Marie-Louise, archiduchesse d'Autriche, impératrice, reine et régente; médaillon ovale, in-4°, gravé par Monsaldy.
Superbe épreuve imprimée en couleurs; elle est très fraîche et a sa marge entière non ébarbée.

279. Hortense (La Reine), Gouvernante des Pays-Bas; médaillon ovale in-4°, gravé par Monsaldy.
Très belle épreuve imprimée en couleurs; grande marge. Très rare.

280. Joséphine (L'Impératrice), médaillon ovale, in-4°, gravé au pointillé par Monsaldy.
Belle épreuve imprimée en couleurs. Grande marge.

281. Elisabeth Alexiewna, Impératrice de toutes les Russies, médaillon ovale in-4°.
Très belle épreuve en couleurs. Marge.

282. Leverd (Mlle), Sociétaire du Théâtre-Français. — Montebello (Mme la maréchale Lannes, Duchesse de), deux médaillons ovales, in-8°, gravés par J. Mécou.
Superbes épreuves avant la lettre sur chine.

283. Talleyrand (Mme de). — Angoulême (Mme la Duchesse d'). — Tessier de Marguerittes (Mlle), 3 portraits in-4°.
Très belles épreuves.

JANINET (F.).

284. L'Amour, d'après Fragonard.
Très belle épreuve imprimée en couleurs. Très grande marge.

285. Tu blesses et souvent ne guéris pas. — Amour tu fais des Jaloux. Deux charmantes petites pièces, faisant pendants, gravées d'après Boucher.

Très belles épreuves imprimées en couleurs. Manquent les titres.

286. Vénus en réflexion, d'après Charlier.

Superbe et très rare épreuve, avant toutes lettres, imprimée en couleurs ; elle n'a qu'un centimètre de marge, environ, autour de l'ovale.

287. Vénus en réflexion. — Vénus désarmant l'Amour. Deux pièces, faisant pendants, gravées d'après Charlier.

Très belles épreuves imprimées en couleurs ; elles n'ont qu'un centimètre de marge autour de l'ovale.

288. Hébé, d'après Le Barbier.

Superbe et très fraîche épreuve imprimée en couleurs. Grande marge.

289. Le berger couronné, d'après Carême.

Superbe épreuve imprimée en couleurs; elle est très fraîche et a une grande marge.

290. La Noce de village. — Repas des moissonneurs. Deux pièces, faisant pendants, gravées d'après Wille fils.

Très belles épreuves imprimées en couleurs.

291. Projet d'un monument à ériger pour le Roi, 1790. Inventé par De Varenne, huissier à l'Assemblée Nationale et dessiné par Moreau le jeune.

Superbe épreuve, avant toutes lettres, imprimée en couleurs; elle est signée des artistes au verso.

292. Coiffures. Quatre petites pièces ovales.

Très belles épreuves imprimées en couleurs. Sans marges.

293. « Vues des plus beaux édifices publics et particuliers de la Ville de Paris, dessinés par Durand, Garbizza et Mopille, architectes, etc. » 20 pièces ovales en largeur.

Très belles épreuves imprimées en couleurs, la plupart ont de grandes marges.

KAUFFMAN (D'après A.).

294. Harcourt (*The Honorable Elisabeth Vernon, Countess of*).

médaillon ovale in-4°, gravé par F. Bartolozzi, 1784.

Superbe épreuve tirée, en bistre, avec les noms du personnage tracés à la pointe.

KIMLI (D'après).

295. L'espoir du retour, par P. A. Tardieu.

Très belle épreuve avant la lettre. Marge.

KNIGHT (D'après C.).

296. *Friendship*, charmant petit médaillon, ovale, gravé par Dikinson.

Très belle épreuve tirée en bistre, elle est très fraîche et a toute sa marge. Rare.

LANDRY.

297. Louis XIV. — Marie-Thérèse. Deux petits portraits in-18, faisant pendants.

Superbes et très rares épreuves avant la lettre.

LARMESSIN (N. de) le vieux.

298. La Vallière (F.-L. de la Baume Le Blanc, Duchesse de), vue à mi-corps, en riche costume de cour, dans une bordure ovale, entourée de divers attributs et reposant sur un cartouche armorié.

Superbe et très rare épreuve du 1er état : avant les contre-tailles, sur le corps du lion dans les armes. Ce portrait est le plus beau du personnage.

LE PRINCE (D'après J. B.).

299. Les Regrets mérités, par De Launay.

Très rare épreuve à l'état d'eau-forte.

LARMESSIN (N.).

300. Louis XV, Roy de France, à cheval, d'après Parrocel; dans le fond la vue de la Cathédrale de Strasbourg. In-fol.

Superbe et très rare épreuve avant toutes lettres. Marge.

M. LASNE et I. BRIOT.

301. Anne d'Autriche, reine de France — Espernon (J.-L. de La Valette, duc d'), Colonel Général de l'Infanterie Française. Deux portraits in-fol.

Très belles épreuves.

LAWRENCE (D'après Sir Th.).

302. Grosvenor (*Elizabeth Countess*), par S. Cousin. In-fol.

Très belle épreuve. Toute marge.

303. Dover (Lady). — Medswell (Mrs) sœur de Sir Th. Lawrence. — Portrait de jeune garçon. Trois portraits in-fol. gravés à la manière du lavis et du crayon par S. Lewis.

Très belles épreuves, deux sont légèrement teintées de couleurs.

LAWREINCE (D'après N.).

304. L'Assemblée au Salon, par F. Dequevauviller, 1783. (E. B. 6).

Superbe épreuve avant la dédicace.

305. L'Assemblée au Concert. — L'Assemblée au Salon. Deux pièces faisant pendants, gravées par F. Dequevauviller (5 et 6).

Très belles épreuves.

306. L'Aveu difficile, par Janinet.

Très belle épreuve imprimée en couleurs, la partie de la marge inférieure, où se trouve le titre, ayant été détachée, a été rapportée fort habilement.

307. Le Billet doux, par N. de Launay (10).

Belle épreuve.

308. La Comparaison, par Janinet, 1786 (12).

Très belle épreuve imprimée en couleurs. Marge du cuivre.

309. La Consolation de l'absence, par N. de Launay (14).

Très belle épreuve. Sans marge.

310. Le Contre-temps, par Dequevauviller (15).

Très belle épreuve avec la première adresse, celle du graveur qui, par la suite, fut changée plusieurs fois. Sans marge.

311. Qu'en dit l'Abbé? par de Launay (51).

Très belle épreuve avec la première adresse, celle du graveur et avant que dans la mention : Gravé par De Launay, graveur du Roi de France et de Danemarck, le mot *du* ait été remplacé par le mot *des*.

LE BRUN (D'après L. Vigée, Mme).

312. Le Brun (Mme) à mi-corps, tenant sa palette à la main. Charmant petit portrait, in-8° ovale, gravé à la manière du lavis, par le comte de Paroy.

Très belle épreuve. Fort rare.

313. Polignac (Mme la comtesse de) debout et chantant devant son piano dont elle s'accompagne. Très joli petit portrait, in-12 ovale, gravé à la manière du lavis par le comte de Paroy.

Très belle épreuve. Fort rare.

LEGRAND (A.).

314. La Danse des petits Savoyards. Grande pièce de forme ovale.

Très belle épreuve imprimée en couleurs.

LE ROY (D'après).

315. L'Amour ramoneur, par Legrand.

Très belle épreuve imprimée en couleurs.

LELY (D'après Sir P.).

316. Gwynn (Éléanor), médaillon ovale, in-4°, gravé par Ogborne.

Très belle épreuve en couleurs.

LEU (Th. de).

317. Bar (Catherine de Bourbon, duchesse de) (Dupl. 311). In-4°.

Superbe épreuve de 1er état : avant la retouche; toute marge. Excessivement rare de cette qualité.

318. Beaugrand (I. de), maître d'écriture (313). In-8°.

Superbe épreuve.

319. **Estrées** (Gabrielle d'), Marquise de Monceaux et Duchesse de Beaufort, dans un encadrement dont les angles sont garnis de branches de laurier (361). In-8°.

Très belle épreuve avec marge.

320. **Estrées** (Gabrielle d') dans une bordure carrée au bas de laquelle on lit : *Gabriel Destrez, Marquise de Monceaux* (362).

Charmant petit portrait in-12, un des plus jolis du Maître. Excessivement rare.

321. **Lorraine** (Charles duc de) (439). In-8°.

Superbe épreuve du 1er état : avant toutes lettres. Très rare.

322. **Lorraine** (Cl. de France, Duchesse de) (440). In-8°.

Superbe épreuve.

323. **Médicis** (Marie de), reine de France, à mi-corps et regardant de face dans une bordure ovale dont les angles sont garnis de fleurs (454). In-4°.

Très belle épreuve manquant un peu de conservation.

324. **Arlensis de Scudalpis**, médecin (301). — **Ch. de Bourbon** (Charles X) (322). — **Conti** (Prince de) (349). — **Lavau** (Guy de) (432). — **Saint-Germain** (Denis de) (483). — **Vendôme** (César, duc de). Six portraits in-8°.

Très belles épreuves.

LEVACHEZ

325. **Napoléon Ier**, empereur des Français, en pied dans son cabinet, revêtu de l'habit vert des chasseurs de la Garde avec les épaulettes de colonel. Grand in-fol.

Superbe épreuve avant toutes lettres, imprimée en couleurs elle est légèrement rehaussée de gouache par le maître.

Ce portrait gravé et imprimé à Paris, pendant les Cent Jours, fut distribué à l'étranger et principalement en Angleterre dans la crainte, où on était alors en France, d'un retour des Bourbons. Levachez, voulant dissimuler jusqu'à son nom, l'avait fait imprimer à rebours, aussi les estampes avec la lettre portent-elles au coin, à droite, le nom de *Zehcavel*. Excessivement rare.

Cadre doré, style Empire.

326. Louis XVIII, roi de France, assis sur son trône. Gr. in-fol.

Superbe et très rare épreuve imprimée en couleurs, rehaussée de gouache par le maître.
Cadre doré.

LINCOLN (D'après Lady).

327. *Go, happy flowers, fulfill the task design'd*, etc., médaillon ovale, in-4°, gravé par Barbier.

Très belle épreuve tirée en bistre. Marge.

LINGÉE.

328. Villette (Mme la Marquise de), surnommée par Voltaire Belle et Bonne, d'après Pujos. In-4°.

Très belle épreuve avant la lettre.

MARIN (L. Bonnet).

329. *Provoking fidelity*, médaillon ovale dans une bordure rehaussée d'ors.

Très belle épreuve, imprimée en couleurs de la plus jolie pièce de la série; elle est remargée, mais les inscriptions ne sont pas refaites, elles sont bien imprimées.

MARTINET.

330. Retour du Roi le 8 Juillet 1815. — L'Automne. — L'Hyver. Trois pièces gravées par Alix et Jazet.

Très belles épreuves, la première est coloriée, les deux autres sont imprimées en couleurs.

MARTINI (P. A.).

331. Exposition au Salon du Louvre en 1787.

Très belle épreuve. Marge.

MASSON (Ant.).

332. Cureau de la Chambre (Marin), de l'Académie Française, médecin ordinaire du Roi, d'après P. Mignard (R. D. 24). In-fol.

Superbe épreuve du 1er des cinq états décrits : avant de nombreux travaux et avant les contre-tailles sur la joue gauche du personnage. Ce portrait est l'un des chefs-d'œuvre du Maître. Rare.

333. Guise (Marie de Lorraine, duchesse de), princesse de Joinville, d'après Mignard (32). In-fol.

Superbe et rare épreuve du 3e état (le premier de la planche terminée) avant le mot *Roma* suivi d'un point et d'une figure de lapin à la suite du mot *pinxit*. Marge.

MASSARD.

334. Livry (N. de), évêque de Callinique. In-fol.

Superbe et rare épreuve avant toutes lettres. Marge.

MATHAM (J.).

335. Sully (Maximilien de Béthune, Duc de), d'après Du Boys, 1614 (B. 25). In-fol.

Très belle épreuve du seul beau portrait du personnage. Fort rare.

MEISSONIER (E.).

336. Le Grand fumeur.

Très belle épreuve sur chine.

MONCORNET (A Paris chez la Veuve).

337. Montespan (Françoise-Athénaiste de Rochechouart, marquise de), dans une bordure ovale entourée d'une guirlande de fleurs et de fruits, soutenue aux quatre angles par des amours. Petit in-4°.

Très belle épreuve. Fort rare.

MONSALDY.

338. Enghien (H. de Bourbon-Condé Duc d'), d'après la peinture faite au Palais-Bourbon par Mme Vallain ; médaillon ovale, in-4°.

Superbe et très rare épreuve imprimée en couleurs avec quelques rehauts. Grande marge.

MONSALDY et DEVISME.

339. Vue des ouvrages de Peinture des Artistes vivants exposés au Muséum Central des Arts en l'an XIII (1800) de la République Française. Suite de deux pièces, se complétant.

Très belles épreuves.

MONTAGNE (N. de Plate).

340. Castellan (Olivier de), Lieutenant Général des armées du

Roy (R. D. 21). — Médicis (Marie de), Reine de France (25). Deux portraits in-fol.

Superbes épreuves.

MOREAU (J. M.) le jeune.

341. Choiseul (Et. F. duc de), (E. B. 2). In-8°.

Superbe et très rare épreuve avant toutes lettres. Grande marge.

342. La Borde (J. Baron de), 1er valet de chambre ordinaire du Roi, auteur des chansons, d'après Denon (21). In-8°.

Deux très belles épreuves dont l'une est une contre-épreuve de cette estampe à l'état d'eau-forte.

343. La Vrillière (Louis Phelypeaux, duc de), d'après Hall (24). In-18.

Superbe et rare épreuve du 2e des quatre états décrits : avant toutes lettres. Marge.

344. Louis-Auguste, Dauphin de France (25). — Pineau (D.), sculpteur, d'après Merelle (42). Deux portraits, in-8° et in-18.

Très belles épreuves, l'épreuve du portrait de Pineau est avant les ponctuations sur la tablette.

345. Au Roi. — A la Reine (Portraits de Louis XVI et de Marie-Antoinette, dans des médaillons entourés de figures allégoriques). Deux pièces, in-fol., faisant pendants, gravées par N. Lemire (30-33).

Très belles épreuves. Grandes marges.

346. Fêtes données au Roi et à la Reine, par la Ville de Paris, le 21 janvier 1782, à l'occasion de la naissance de Monseigneur le Dauphin : Arrivée de la Reine à l'Hôtel de Ville (202).

Très belle épreuve avant la lettre. Grande marge.

347. Ouverture des États-Généraux. — Constitution de l'Assemblée Nationale. Deux pièces faisant pendants (204-205).

Très belles épreuves, la première pièce est avant toutes lettres, la seconde avant la liste des Députés. Marges.

348. Exemple d'humanité donné par Mme la Dauphine, le 16 octobre 1773, par F. Godefroy (244).

Superbe épreuve avant la lettre ; elle est très fraîche et a sa marge entière et non ébarbée. Rare de cette qualité.

349. Décoration du Sacre de Louis XV, roi de France et de Navarre, à Reims, le 11 juin 1775 (254).

Superbe et rare épreuve à l'état d'eau-forte ; dans cet état on remarque, dans la marge inférieure, plusieurs griffonnements ; grande marge. Très rare de cette qualité.

350. Vue de la Plaine des Sablons où se faisait ci-devant la revue des Gardes Françaises et des Gardes Suisses, gravé par G. Malbeste (892).

Très belle épreuve avant toutes lettres, seulement *J. M. Moreau le jeune delin.*, tracé à la pointe, à gauche, sous le trait carré. Toute marge.

351. SECONDE SUITE D'ESTAMPES pour servir à l'histoire des mœurs et du costume en France dans le XVIIIe siècle, année 1776. *A Paris, de l'Imprimerie de Prault, imprimeur du Roi*, 1777, un vol. in-fol. cartonné.

Suite complète de 12 pièces, numérotées de 13 à 24 plus le titre, le discours préliminaire et une feuille de texte pour chaque planche, les épreuves sont superbes et sont avec le privilège.

Très bel exemplaire mesurant $0^{m},56$ de hauteur sur $0^{m},47$ de largeur.

352. Déclaration de la Grossesse, par P. A. Martini (1348).

Très belle épreuve avant la lettre.

353. Les Précautions, par P. A. Martini (1349).

Très belle épreuve avant la lettre.

354. La même Estampe.

Très belle épreuve avec les lettres A. P. D. R. Marge du cuivre.

355. J'en accepte l'heureux présage, par Trière (1350).

Très belle et très fraîche épreuve avec les lettres A. P. D. R. Marge.

356. N'ayez pas peur, ma bonne amie, par Helman (1351).

Très belle épreuve avec les lettres A. P. D. R. Marge.

357. Les Petits parrains, par C. Baquoy et Patas (1353).

Très belle et très fraîche épreuve avec les lettres A. P. D. R. Marge.

358. La Petite Toilette, par P. A. Martini (1361).
Très belle épreuve avec les lettres A. P. D. R.

359. La Grande Toilette, par A. Romanet (1362).
Très belle épreuve avec les lettres A. P. D. R.

360. La Partie de wisch, par J. Dambrun (1365).
Très belle épreuve avec les lettres A. P. D. R. Marge.

MOREAU (D'après L.).

361. Vue du château et jardin de Bagatelle. Trois pièces gravées par E. Saugrain, 1785.
Très belles épreuves avant la lettre, la première est double et non entièrement terminée.

MORIN (J.).

362. Gondy (Jean-François-Paul de), coadjuteur de Paris, d'après Ph. de Champaigne (R. D. 51). In-fol.
Superbe épreuve.

363. Maugis des Granges (Pierre), d'après Ph. de Champaigne (67). In-fol.
Superbe épreuve.

364. Richelieu (Le Cardinal De), d'après Ph. de Champaigne (72). In-fol.
Très belle épreuve. Rare.

365. Tarisse (Dom Jean-Grégoire), Général de la Congrégation de Saint-Maur, d'après F. Donstan (75). In-fol.
Superbe épreuve.

366. Villemontée (François de), Conseiller d'État, d'après Ph. de Champaigne (86). In-fol.
Superbe épreuve.

367. Mazarin (Cardinal). — Verger de Hauranne (Jean du), abbé de Saint-Cyran (82). — Vitré (Antoine), Imprimeur (88). Trois portraits, in-fol., d'après Ph. de Champaigne.
Très belles épreuves.

368. Anne d'Autriche (41), comtesse de Bossu (56). — Augustin

De Thou (79). Trois portraits in-fol., gravés d'après Ph. de Champaigne et van Dyck.

Belles épreuves.

MORLAND (D'après G.).

369. *Saint Jame's Park*. Très belle pièce gravée par Soiron.

Superbe épreuve avant la lettre et avant que des angles aient été ajoutés aux quatre coins pour rendre la pièce carrée. Très rare.

370. *A Party Angling*. — *The Anglers Repast*. Deux grandes et très jolies pièces, faisant pendants, gravées à la manière noire par G. Keating et W. Ward.

Très belles épreuves. Rares.

371. *The Barn-door*. — *Gypsies*. Deux pièces en largeur, faisant pendants, gravées à la manière noire par W. Ward.

Très belles épreuves.

372. *An ass Race*. — *A Mad Bull*. Deux pièces humouristiques sur les courses, faisant pendants, gravées à la manière noire par R. Dodd et W. Ward.

Très belles épreuves. Rares.

373. *Affluence reduced*, jolie pièce gravée à la manière noire par H. Hudson.

Très belle épreuve en couleurs.

374. *Presanning a recuit*. — *Deserter Pardon't*. — *Recuit deserted* — *Deserter taking leave of his wife*. Suite de quatre pièces gravées, à la manière noire, par Keating.

Très belles épreuves.

MORRET.

375. Marie-Louise d'Autriche, Impératrice des Français, d'après Vexberg. In-4°.

Très belle épreuve imprimée en couleurs; grande marge. Fort rare.

NANTEUIL (R.).

376. Bartillat (Étienne Jehannot de), Gardè du Trésor Royal (R. D. 32). In-fol.

Très belle épreuve du 1er état : avant que l'année ait été convertie en 1668.

377. Beaufort (François de Vendôme, Duc de), d'après Nocret (33). In-fol.

Superbe épreuve du 1er état : avant que l'adresse de Le Blond ait été remplacée par celle de P. Mariette.

378. Colbert (Jean-Baptiste), contrôleur général des Finances, Buste fort comme nature (76). Grand in-fol.

Superbe épreuve du 3e des sept états décrits : avant que la lettre B, tracée sur pate-bande de la bordure, au milieu du haut, ne soit suivie d'aucun point. Excessivement rare.

379. Courtin (Honoré), Conseiller d'État (80). In-fol.

Très belle épreuve du premier état : avant les inscriptions sur la bordure ; légère épidermure.

380. Fouquet (Basile), abbé de Barbeaux et de Rigny, chancelier des ordres du Roi (97). In-fol.

Très belle épreuve.

381. Harlay de Chanvallon (François de), archevêque de Paris, Buste fort comme nature (108). Grand in-fol.

Très belle épreuve du 2e état, avant qu'on ne lise dans les angles du bas : « *Offerebat humillimus servus Franciscus Barbier* ».

382. La Meilleraye (Charles de la Porte, Duc de), Maréchal de France, d'après Juste (118). In-fol.

Superbe épreuve.

383. Lamoignon (Guillaume de), premier Président du Parlement de Paris (135). In-fol.

Très belle épreuve avant que l'année 1659 ait été convertie en 1661, et avant les inscriptions sur la bordure.

384. Le Tellier (Michel), Ministre d'État, puis Chancelier et Garde des sceaux de France, d'après Ph. de Champaigne (135). In-fol.

Très belle épreuve.

385. Lionne (Hugues de), Secrétaire d'État (146). In-8°.

Très belle épreuve du 1er état : avant que l'inscription sur la tablette, ait été enlevée.

386. Lomenie de Brienne (Henri-Auguste de), secrétaire d'État (148). In-fol.

Très belle épreuve du 1er état : avant qu'on ne lise, sous la tablette du socle, les noms du personnage.

387. Loret (Jean), Poète (150). In-4°.

Très belle épreuve.

388. Savoie-Nemours (Marie-Jeanne-Baptiste de), duchesse de Savoie, d'après L. du Sour (169). In-fol.

Très belle épreuve.

389. Neufville (Ferdinand de), évêque de Chartres, d'après Ph. de Champaigne (203). In-fol.

Très belle épreuve du 2e état : avant que l'année 1657 ait été convertie en 1658. Marge.

390. Turenne (Henri de la Tour d'Auvergne, vicomte de), maréchal de France, d'après Ph. de Champaigne (232). In-fol.

Superbe épreuve du 3e état : avant que le croisillon de la barre que l'on remarque dans la marge supérieure ait disparu. Rare.

391. Bouthilier (Victor de), archevêque de Tours (56). — Mazarin (Jules), cardinal, ministre d'État (186). Deux portraits gr. in-fol. en largeur.

Très belles épreuves.

392. Gillier (Melch. de), maître d'hôtel du roi (102). — Gillier (Mme) (103). — Dunois (Jean-Louis-Charles d'Orléans Longueville, comte de) (186). — Peréfixe de Beaumont (Hardouin de), archevêque de Paris (211). Quatre portraits. In-fol.

Très belles épreuves.

NATTIER (D'après J. M.).

393. Leczinska (Marie), reine de France, en robe garnie de fourrures et coiffée au papillon noir; gravé par J. N. Tardieu. In-fol.

Très belle épreuve avec marge.

394. Marie-Henriette de France (Madame), sous la figure du « Feu » ; gravé par Tardieu. In-fol. en largeur.

Superbe et très rare épreuve avant toutes lettres. Grande marge.

395. Adélaïde de France (Madame), sous la figure de l' « Air », gravé par Beauvarlet. In-fol. en largeur.

Superbe épreuve. Grande marge.

396. Louise-Elisabeth de France (Madame), sous la figure de la « Terre », gravé par Balechou. In-fol. en largeur

Très belle épreuve.

397. Louise-Thérèse-Victoire de France (Madame), sous la figure de l' « Eau », gravé par R. Gaillard. In-fol. en largeur.

Superbe épreuve. Grande marge.

NOEL (A Paris, chez).

398. Marie-Louise, archiduchesse d'Autriche, impératrice des Français. In-8°.

Très belle épreuve en couleurs.

NORTHCOTE (D'après J.).

399. The Falconer, gravé à la manière noire par S. W. Reynolds, 1797. In-fol.

Superbe épreuve imprimée en couleurs. Très rare.

OPIE (D'après J.).

400. *The love sick maid, or the Doctor puzzaled.* Grande pièce, en hauteur, gravée par W. Ward.

Très belle épreuve.

ORNEMENTS.

401. La Londe : Girandoles. — Cheminées avec leurs trumeaux. — Feux, cartels et pendules. — Baromètres et ouvrages d'orfèvrerie.

Ensemble 23 pièces, formant, moins la planche V du XXe cahier, qui manque, quatre cahiers complets de l'œuvre du maître, les XIIe, XIIIe, XVIe et XXe.

Les épreuves sont superbes et ont toutes leurs marges non ébarbées.

PETERS (D'après R. A.).

402. Lydia, charmant médaillon ovale, gravé par J. Hogg.

Superbe épreuve, tirée en bistre rose, ayant un centimètre de marge autour de l'ovale.

PETERS (D'après W.).

403. *Much ado about nothing* (Shakespeare. Acte III, scène 1). Grande et jolie pièce, en hauteur, gravée par P. Simon.

Superbe et très fraîche épreuve en couleurs. Marge.

PETIT.

404. Gesvres (Joachim-François-Bernard, duc de). — Maurepas (Jean-Frédéric, Phelypeaux, comte de). Deux portraits, in-fol., en pied, faisant pendants, gravés d'après L. M. Vanloo.

Très belles épreuves. Grandes marges.

PICART (St.).

405. Montespan (Françoise-Athenaïste de Rochechouart, marquise de). In-fol.

Superbe épreuve du plus beau et du plus authentique portrait de la célèbre maîtresse de Louis XIV.

PIETKIN (D'après).

406. Les Plaisirs de l'été, par Chapuy.

Belle épreuve imprimée en couleurs. Manque de fraîcheur.

PIGG (D'après W.).

407. *Two favorite chickens.* — *The Sportsmen return.* Deux jolies pièces, en largeur, gravées à la manière noire par Peters et W. Ward.

Très belles épreuves.

PITAU (N.).

408. Louis XIV, roi de France, debout à mi-corps, la main appuyée sur une canne, d'après C. Le Fébure. Gr. in-fol.

Très belle épreuve. Rare.

409. Marie-Thérèse, reine de France. — Savoye (Ch. de France, Duchesse de) 1666. Deux portraits in-fol.

Très belles épreuves.

POILLY (F.).

410. Fabert (Abraham), maréchal de France, d'après Ferdinand. In-fol.

Très belle épreuve avec marge.

411. La Mothe-Houdancourt (La Maréchale de). — Pingré, évêque de Toulon. Deux portraits in-fol.

Très belles épreuves.

POILLY (N. de).

412. Marie-Thérèse, Reine de France. Buste fort comme nature décoré aux angles de médaillons à son chiffre : 1675. Grand in-fol.

Très belle épreuve avant les inscriptions sur la bordure. Remargée.

413. Louis, Dauphin de France, fils de Louis XIV. — Orléans (Philippe, Duc d'), frère du Roi. Deux portraits, bustes forts comme nature.

Très belles épreuves.

PORTER (D'après R. K.).

414. La Jeune Pelotonneuse ? gravé à la manière noire par W. Barnard.

Très belle épreuve avant la lettre.

PORTRAITS.

415. Henri II, roi de France. — Lorraine (Louise de), reine de France. — Alençon (F. de Valois, Duc d'). Trois

portraits, petit in-fol., en pied, gravés par R. Boyvin et Hogenberg.

Très belles épreuves, le portrait de Henri II a été coupé dans la bordure et a souffert.

416. Elisabeth, Reine d'Angleterre. — Le Cardinal de Bourbon. — Le Comte de Soissons. — Louis XIII. — Jodelle. Cinq portraits in-18 et in-8°, gravés par Th. de Leu, Rabel et Gourmont.

Très belles épreuves.

417. Autriche (André Cardinal d'). — Autriche (arch. d'), — Guerngelin (O. de Launay Sr de). — Farnese (Alex.). — Strozi (Ph. de). 5 portraits, in-8°, gravés par Wierix, L. Gaultier et Th. de Leu.

Très belles épreuves.

418. Médicis (Cath. de). — Loyola (Ig. de). — Brahé (Tycho). — Tilly. — Portrait de femme âgée. 5 portraits in-8°, gravés par Wierix, de Gheyn et Goltzius.

Très belles épreuves.

419. Marie-Antoinette et Louis XVI, en regard l'un de l'autre sur la même feuille. — Elisabeth Thérèse de France. — J. M. Moreau, le jeune, etc. Cinq portraits, in-8°, gravés par Le Beau, Saint-Aubin et autres artistes.

Très belles épreuves.

PRUD'HON (D'après P. P.).

420. Le premier baiser de l'amour (E. de G. 132). — Stellina surprise au sortir du bain par Edouard. Deux pièces in-8°, gravées par Copia et Roger.

Très belles épreuves, la première pièce est avant que le nom de Maria ait été substitué à celui de Copia.

RABEL (J.).

421. Albret (Jeanne d'), reine de Navarre (R. D. 60). In-18.

Très belle épreuve. Très rare.

422. Alençon (François de Valois, Duc d'), (D. 297). In-18.

Très belle épreuve. Très rare.

RAMSAY (D'après).

423. Nivernais (L.-J.-Barbon, Mancini, Mazarini, duc de) gravé à la manière noire par Mac-Ardell. Petit in-fol.

Superbe et rare épreuve avant toutes lettres.

REYNOLDS (D'après Sir J.).

424. Grey (The H[ble] G.), par Price. In-fol.

Très belle épreuve. Grande marge.

425. Muse (Miss), gravé à la manière noire par J. Faber. In-4°.

Superbe et très rare épreuve du 1er état : avant l'adresse des éditeurs.

426. Orléans (Son Altesse sérénissime Louis-Philippe-Joseph, Duc d') en pied, en un uniforme de colonel de Hussards. Gravé à la manière noire par J. R. Smith, 1786.

Très belle épreuve.

427. Scheridan (M[rs]) en Sainte Cécile, pièce ovale gravée par Th. Watson. Petit in-fol.

Superbe épreuve tirée en bistre rougeâtre.

428. Gordon (*Jane Dutchess of*). — Portrait de jeune femme. — Kingsley (W.). Trois portraits petit in-fol., gravés à la manière noire, par Dikinson, Spilsbury et Houston.

Très belles épreuves.

429. *The Girl and Kitten*, par F. Bartolozzi.

Superbe épreuve imprimée en couleurs. Sans marge.

430. La même Estampe.

Très belle épreuve tirée en bistre.

431. *The Shepherd's offring*. Grande pièce gravée par J. J. Facius.

Très belle épreuve tirée en couleurs.

RIBERA (J.).

432. Don Juan d'Autriche, à cheval; le fond offre la vue de la ville de Naples, 1648 (B. 14). In-fol.

Superbe épreuve du 1er état : avant que la planche ait été retouchée dans toutes ses parties et que la tête de Charles II ait été substituée à celle de Don Juan. Rare.

ROBIN de MONTIGNY.

433. Louis XVI, roi de France et de Navarre. — Marie-Antoinette d'Autriche, sa femme. Deux portraits équestres, petit-in-fol. faisant pendants, publiés à Paris chez Basset.

Très belles épreuves coloriées. Excessivement rares.

ROGER (B.).

434. Marie-Antoinette de Lorraine d'Autriche, reine de France, en pied, en riche costume de cour, d'après le tableau de Mme Lebrun et non de Roslin le Suédois, comme le portent, par erreur, les épreuves avec la lettre. Grand in-fol.

Superbe et rare épreuve avant la lettre. Grande marge.
Cadre doré, style Louis XVI.

RUNK (D'après).

435. Vue de la Ville de Paris prise de la lanterne de Napoléon dans le jardin de Saint-Cloud. Grande pièce, en largeur, gravée par Klein.

Très belle épreuve d'une pièce fort intéressante publiée à Vienne chez Artaria : parmi la foule des promeneurs, près de la lanterne, Napoléon et Marie-Louise se promènent dans une calèche attelée de deux chevaux.

SAINT-AUBIN (G. de).

436. Vue de la Foire de Beson, près Paris, 1750 (17).

Magnifique épreuve avec le tracé des lignes très apparent.

SAINT-AUBIN (D'après A. de).

437. Adrienne Sophie (marquise de). Portrait présumé de Mme de Breteuil (173).

Très belle épreuve. Marge.

438. Les Portraits à la mode. — La Promenade des Remparts. Deux pièces, faisant pendants, gravées par Courtois (378-379).

Très belles épreuves, la première pièce est avec la lettre, la seconde n'a qu'une marge d'environ un centimètre au-dessous du trait carré inférieur, mais cette marge est suffisante pour constater que la pièce est avant les noms des artistes et par conséquent avant la lettre.

439. Validé ou Sultane mère (Portrait de Mme de Saint-Aubin), gravé par Mme Hémery en imitation de dessin (408).

Très belle épreuve tirée en bistre, légèrement teintée de couleurs.

SAINT-NON.

440. La Petite Charrière en couches.

Très belle épreuve d'une petite pièce très bien gravée à l'eau forte.

SAUERWEID (D'après).

441. Bivouac des Cosaques aux Champs-Elysées, à Paris, le 31 mars 1814. Gravé par Jazet.

Très belle épreuve imprimée en couleurs.

SAVART (P.).

442. La Bruyère (J. de), de l'Académie Française, d'après De St-Jean (F. J.). In-8°.

Superbe et rare épreuve avant toutes lettres.

443. Buffon (G.-L. Leclerc, comte de) d'après Drouais (9). In-8°.

Superbe et rare épreuve avant toutes lettres. Marge.

444. Livry (N. de), évêque de Callinique (22). In-8°.

Deux épreuves dont l'une, très belle, est avant toutes lettres.

445. Richelieu (Armand Du Plessis, Cardinal de), d'après Ph. de Champagne (31). In-8°.

Superbe et rare épreuve avant toutes lettres. Marge.

446. Cardinal de Bernis. — N. Boileau. — Colbert. — Racine, deux épreuves. Ensemble cinq portraits, in-8°.

Très belles épreuves, la plupart avec les premières adresses.

SPORT (Pièces sur le).

447. *Heaton Park. Races,* 1835. Grande et très belle pièce, en largeur, gravée par Reeve d'après F. C. Turner.

Superbe épreuve en couleurs. Marge.

448. Courses de Chantilly, sous le patronage de Son A. R. Mgr le Duc d'Orléans, 1841. Grande et très belle pièce, en largeur, gravée par Fielding d'après E. Lami.

Superbe épreuve en couleurs. Très rare.

SCHMIDT (G. F.).

449. La Tour (Maurice Quentin de), en ovale, sur un chevalet, d'après lui-même. In-fol.

Très belle épreuve.

450. Schouwalow (Pierre, Comte), Grand maître de l'artillerie, aide de camp général de S. M. Impériale de toutes les Russies. Petit in-fol.

Superbe épreuve. Excessivement rare.

SCHUPPEN (Van).

451. Bonzy (P. Cardinal de), Archevêque de Narbonne. — Desponts (Ph.), Théologien. Deux portraits in-fol.

Superbes épreuves, la dernière pièce est avant les changements dans les inscriptions.

452. Louis XIV, roi de France, d'après C. Le Brun, médaillon ovale surmonté des attributs de la Royauté et entouré de trophées d'armes. In-fol. en largeur.

Très belle épreuve. Rare.

453. Lorraine (Marguerite de), Fondatrice des filles de l'ordre de St-Claire. In-4°.

Superbe épreuve. Rare.

454. Mazarin (Le Cardinal de), Médaillon ovale, en largeur, entouré de globes emblématiques. In-fol. en largeur.

Très belle épreuve. Rare.

455. Caumartin (Lefebvre de). — Este (Cardinal d'). — Vie (G. de La), avocat au parlement de Bordeaux. Trois portraits, in-fol. et in-4°.

Superbes épreuves.

SERGENT (A. F.).

456. *The day's folly*, 1783.

Superbe épreuve, imprimée en couleurs, d'une charmante petite satire, sur les ballons; elle est très fraîche et a une grande marge. Rare de cette qualité.

457. LAURENT (J. J.), Négociant. In-4°.

Superbe et très fraîche épreuve, imprimée en couleurs, avant toutes lettres autres que les noms du Personnage inscrits sur la bordure. Marge.

458. MARIE-THÉRÈSE-CHARLOTTE de FRANCE, fille du Roi Louis XVI, née à Versailles le 19 décembre 1778.

Superbe et très fraîche épreuve, imprimée en couleurs d'un portrait, in-4°, publié à l'occasion du passage de cette Princesse à Basle le 26 décembre 1795. Grande marge.

459. MONSIEUR, frère du Roi, né le 17 novembre 1755, d'après le tableau de Duplessis peint en 1789. In-4°.

Très belle épreuve imprimée en couleurs. Rare.

460. VALENTIN HAUY. — M. NECKER. Deux portraits ovales équarris, in-4°, gravés d'après Mme Favart et Duplessis.

Très belles épreuves imprimées en couleurs.

SIMON (P.).

461. MONTPENSIER (A.-M.-L. d'Orléans, Duchesse de), appelée *La Grande Mademoiselle*. Buste fort comme nature dans une bordure ovale ornée, à chaque angle, d'une fleur de lys. Grand in-fol.

Superbe épreuve.

SINGLETON (D'après H.).

462. *The Wandering sailor*. Très jolie pièce gravée à la manière noire par G. C. Street.

Superbe épreuve imprimée en couleurs; grande marge. Rare de cette qualité.

SINGLETON (D'après W.).

463. *The Fairing*. — *The Savoyard*. Deux pièces, faisant pendants, gravées par C. Turner.

Très belles épreuves imprimées en couleurs.

464. *The husband's, refreshment*, par A. Cardon.

Très belle épreuve imprimée en couleurs; une légère déchirure.

SMITH (J.).

465. Newton (Is.). — Cromwell (The Honorable Lady Elisabeth. Deux portraits, petit in-fol., gravés à la manière noire, d'après Kneller.

Très belles épreuves.

SMITH (J. R.).

466. *A Lady at Hay-Making*, gravé à la manière noire d'après W. Lawrançon.

Très belle épreuve. Marge.

SMITH (D'après J. R.).

467. *Black Brown and Fair*. — *The Frail Sisters*. Deux jolis médaillons ronds, intéressants comme costumes, faisant pendants, gravés par J. R. Smith et I. Hoog.

Superbes épreuves, elles sont très fraîches et ont de grandes marges. Rares de cette qualité.

SOMER (J. Van).

468. Ruyter (M.-A. de), chevalier, amiral des Provinces unies. In-4°.

Superbe épreuve d'une pièce fort rare, gravée à la manière noire.

STHOTARD et SINLGETON (D'après).

469. *Tenant's family*. — *British plenty*. Deux pièces, en hauteur, faisant pendants, gravées par Ward et Knight.

Très belles épreuves.

STRANGE (R.).

470. Les Enfants du Roi Charles Ier, d'après Ant. Van Dyck. In-fol. en largeur.

Très belle épreuve.

TAUNAY (D'après).

471. La Foire de village, par Descourtis.

Superbe épreuve imprimée en couleurs, elle est du premier tirage : avant que les armes aient été enlevées. Très grande marge.

472. Le Tambourin, par Descourtis.

Superbe épreuve imprimée en couleurs. Très grande marge.

473. La Rixe, par Descourtis.

Superbe épreuve imprimée en couleurs. Très grande marge.

TOCQUÉ (D'après L.).

474. Marie Leckzinska, reine de France, en pied, en riche costume de cour, par Daullé (40). Grand in-fol.

Superbe et très rare épreuve avant toutes lettres. Grande marge.
Cadre doré, style Louis XV, avec les armes royales en fronton.

VAN GORP (D'après).

475. Le Déjeûner de Fanfan, par Malles.

Superbe et rare épreuve, avant toutes lettres, imprimée en couleurs. Marge du cuivre.

VALÉE (S.).

476. Pécoil (Mme), s'appuyant sur l'épaule d'un négrillon qui lui présente une corbeille de fleurs, d'après H. Rigaud. In-fol.

Superbe épreuve.

VANLOO (D'après).

477. Favart (M.-J.-B. Duronceray, Mme), de la Comédie Italienne, en pied dans le rôle de Bastienne. Gravé par J. Daullé.

Très belle épreuve. Très grande marge.

478. Louis XV, roi de France et de Navarre, en pied, par Petit. Petit in-fol.

Très belle épreuve.
Cadre doré, style Louis XV.

479. Marie, princesse de Pologne, reine de France et de Navarre, en pied, en riche costume de cour, gravé par Chéreau. In-fol.

Très belle épreuve.
Cadre doré, style Louis XV.

480. Saxe (Marie-Josephe de), dauphine de France, en pied, en costume de cour. Gravé par de Larmessin. In-fol.

Très belle épreuve.
Cadre doré, style Louis XV.

481. Stanislas Ier, roi de Pologne. — Opolinska (Catherine), reine de Pologne, sa femme. Deux portraits in-fol., en pied, faisant pendants ; gravés par de Larmessin.

Très belles épreuves.
Cadres dorés, style Louis XV.

VÉNITIEN (A.).

482. François Ier, roi de France. Buste presque fort comme nature, 1536 (B. 519). Grand in-fol.

Très belle épreuve d'un portrait excessivement rare, l'un des plus authentiques du Roi.

483. Soliman II, la tête couverte d'un casque orné de quatre rangs de couronnes (518). — Barberousse (l'empereur), (520). Deux portraits in-fol.

Très belles épreuves. Rares.

VIVIEN (D'après).

484. Fénelon (François de Salignac de la Mothe), archevêque de Cambrai, médaillon ovale, in-4°, gravé par Delanaux.

Superbe épreuve, avant toutes lettres, imprimée en couleurs.

VOYEZ l'aîné.

485. Louis XVI, roi de France et de Navarre, en pied. Petit in-fol.

Très belle épreuve.
Cadre doré, style Louis XVI.

WALKER.

486. *Harding* (Miss), charmant médaillon ovale in-4°.

Très belle et rare épreuve avant la lettre (lettres tracées), imprimée en rouge.

WARD (W.).

487. *Louisa charming all unconscious of her charms.* Charmante pièce ovale gravée en 1786.

Superbe épreuve imprimée en couleurs; elle est de la plus grande fraîcheur et a sa marge entière non ébarbée. Très rare de cette qualité.

488. *Lucy of Leinster.* — Jolie pièce ovale gravée au pointillé.

Très belle épreuve tirée en bistre, la figure légèrement teintée de couleurs. Remargée.

WARD (D'après J.).

489. *Selling Rabbits. — The Citizens Retreat.* Deux grandes et très belles pièces en largeur, faisant pendants, gravées à la manière noire par W. Ward, 1796.

Superbes et très fraîches épreuves imprimées en couleurs; marges. Très rares de cette qualité.

WATSON (J.).

490. *Elliott* (*Miss Anne*), en pied, gravé à la manière noire d'après Kettle. In-fol.

Superbe épreuve avant la lettre. Rare.

WATSON (Th.).

491. Dame cachetant une lettre, d'après Metzu.

Superbe et rare épreuve avant la lettre, les marges couvertes de salissures de burin.

492. Lumsdom (Miss). Gravé à la manière noire d'après Willison. In-fol.

Très belle épreuve tirée avec un cache-lettres.

WATTEAU (A.).

493. « Figures de modes dessinées et gravées à l'eau-forte par WATTEAU et terminées au burin par Thomassin le fils ». Suite de douze pièces, y compris le titre, sept seulement sont gravées par Watteau.

Très belles épreuves du 2e des quatre états décrits : avant que l'adresse de Duchange et Jeaurat ait été remplacée par celle de Hecquet et plus tard par celle de Jollain ; elles sont tirées sur trois feuilles et ont de très grandes marges.

WATTEAU (D'après A.).

493 *bis*. L'Esté — L'Automne — L'hyver. Trois pièces, ovales, gravées par Renard du Bos, Fessard et Audran.

Très belles épreuves.

494. Paravent de six feuilles. Suite complète de six arabesques gravées par Crépy.

Très belles épreuves avec de grandes marges.

495. La Balanceuse. — Le dénicheur de Moineaux, par Boucher. — La même composition gravée à l'eau-forte par le Comte de Caylus. Trois pièces.

Très belles épreuves.

WESTALL (D'après R.).

496. *An old Shepherd in a Storm*. Grande pièce, en hauteur, gravée par R. M. Meadows.

Très belle épreuve imprimée en couleurs.

497. *The Sower*. — *The Thrasher*. Deux grandes pièces, en largeur, faisant pendants, gravées à la manière noire par S. W. Reynolds.

Belles épreuves imprimées à la manière noire. Tachées.

WHEATLEY (D'après R. A.).

498. Oranges sucrées, oranges fines.
Qui veut du lait, il est tout chaud.
Couteaux, ciseaux, rasoirs à repasser.

Pois ramés, pois nouveaux écorcés.
Cises douces, Cerise à la douce cerise.
5 pièces gravées par Schiavonetti, Vendramini, Cardon, faisant partie de la suite des « *cris de Londres* », où elles portent les n°s 3, 6, 7 et 8.

Très belles épreuves tirées en bistre, la pièce intitulée « Qui veut lait, il est tout chaud » est du 1er tirage ; elles manquent de fraîcheur.

499. *Henry and Jessy.* — *Saint Preux and Julia.* Deux jolies pièces en hauteur, faisant pendants, gravées par Jukes et Pollard.

Très belles épreuves. Marges.

500. *Summer*, par F. Bartolozzi, 1789.

Très belle épreuve. Grande marge.

501. *Rustic Hours : Morning* — *Noon.* Deux grandes pièces en largeur, faisant pendants, gravées par Gilbank.

Très belles épreuves imprimées en couleurs.

WIERRIX (Les).

502. Balzac (Henriette de), Marquise de Verneuil (Alv. 1860). Petit in-fol.

Très belle épreuve avec l'adresse de Harman Adolfz.

503. Bourbon (Catherine de), Duchesse de Bar (1872). Petit in-fol.

Très belle épreuve tirée avant que l'adresse de Harman Adolfz ait été remplacée par celle de Hondius. Rare.

WIERIX (H.).

504. Condé (L. de Bourbon, Prince de), (1874). In-18.

Superbe et très rare épreuve avant le nom de Wierix.

WILLIAMS (E.).

505. Jeune femme assise lisant, médaillon rond gravé au pointillé.

Très belle épreuve imprimée en couleurs. Sans marge.

WILLE (J. G.).

506. Saxe (Maurice de) maréchal de France. — Saint-Florentin (L. Phelipeaux, comte de), Ministre d'État. Deux portraits, in-fol. gravés d'après Rigaud et Tocqué.

Très belles épreuves.

WILLE fils (D'après E.).

507. La Dédicace du Poème épique. — L'essai du corset. Deux pièces, faisant pendants, gravées par Dennel.

Très belles épreuves, avant toutes lettres, signées du graveur; la première pièce a une très grande marge.

YOUNG (J.).

508. Wurmser (*Fieldmarshal count*). Commandant en chef de l'Armée Autrichienne en Italie. Gravé à la manière noire d'après Brandt. In-fol.

Superbe et très fraîche épreuve imprimée en couleurs. Grande marge.

SUPPLÉMENT

HAMILTON (D'après W.).

January.
April.
May.
August.
November.

Cinq pièces de forme carrée, faisant partie de la suite des mois, gravées par F. Bartolozzi et Gardner.

Superbes épreuves imprimées en couleurs. Sans marges.

REYNOLDS (D'après sir Joshua).

Hébé (Portrait de *Miss* Mayer en), gravé à la manière noire par J. Jacobe. In-fol.

Superbe épreuve.

Paris. — Typ. Philippe Renouard, 19, rue des Saints-Pères. — 47545

RED. :

19

0 1 2 3 4 5 6 7 8 9 10

www.ingramcontent.com/pod-product-compliance
Ingram Content Group UK Ltd.
Pitfield, Milton Keynes, MK11 3LW, UK
UKHW022120260726
13993UKWH00003B/1129